松葉の想い出

神田職人えにし譚

知野みさき

時代小説文庫

角川春樹事務所

目次

第一話　お包《くる》み抱っこ

　火がついたように泣き出した赤子の声を聞いて、縫箔師《ぬいはくし》の咲《さき》は針を置いた。

　二階の仕事場から梯子《はしご》を伝って下りると、三軒隣りの路《みち》の家へと急ぐ。

　半分開いた戸口から「入るよ」と一声かけて、返事を待たずに土間でさっさと草履《ぞうり》を脱いだ。

「お咲さん……」

「ああ、うん。ちょいとお待ち」

　薄目を開けた路に微笑《ほほえ》んで見せてから、咲は赤子――賢吉《けんきち》――のお包《くる》みを開いた。

　六日前の卯月《うづき》二十二日に、路は二人目となる賢吉を出産した。

　おしるしから破水まではすぐだったのだが、そこからが長く、丸一日をかけての出産となったせいか路はいまだ寝付いたままだ。「床上げ一月《ひとつき》」といわれるように、産後一月ほどは赤子と共に寝て過ごすことが多いのだが、路は六日を経たのに悪露《おろ》もまだ赤く、一人では立ち上がるのがやっとという有様だった。

よって、日中は咲の右隣りのおかみの福久《ふく》と更に右隣りのしまと一緒に、賢吉と長子の勘吉《かんきち》、路の世話を手分けしている。

おしめ替えは路の家に近いしまや福久が主に担っているのだが、二人とも今日は昼から出かけていた。

「よしよし。今、おしめを替えたげるから」

小水で濡《ぬ》れたおしめを替えると賢吉はしばしきょとんとしたが、口をぱくぱくさせると再び泣き始めた。

「おやおや、こりゃお乳もか」

路が身体《からだ》を起こそうとするのを手伝い、背中に畳んだ搔巻《かいまき》をあてがった。

「抱っこできそうかい？」

「ええ……」

路は二十二歳と長屋の女の中では一番若く、十代の娘のように潑剌《はつらつ》としていたのだが、たった六日で頰《ほお》がげっそりとこけてしまって痛々しい。

念のため、賢吉を抱いた路の左腕ごと風呂敷《ふろしき》で包んで背中で結ぶと、咲は汚れたおしめをつけ置き用の桶《おけ》に入れ、洗濯板と共に井戸端に向かった。

じきに七ツが鳴ろうかという刻限だが、卯月も終わりに近付いて陽気はいい。桶の中の四枚のおしめを洗って干すと、朝のうちに干しておいたおしめと他の洗濯物を取り込んで路のもとへ戻る。

「どうだい？」

「あんまり……出なくて……」

「じゃあ、お節《せつ》さんを呼んで来るよ」

節は表通りを挟んだ向かいの長屋のおかみで、如月《きさらぎ》に女児・陽《よう》を出産していた。路は乳の出が思わしくなく、足りない分は節からのもらい乳や重湯、米の研ぎ汁などでしのいでいる。

向かいの長屋までひとっ走りして節を呼びに行くと、節は赤子を抱いてすぐに出向いて来てくれた。

「すみません」

「なんのなんの。お陽はあんまり飲まないから、かえって助かるよ」

咲よりも年上で三十路《みそじ》の節は此度《こたび》が五度目の出産だったが、一人は死産、一人は二歳になる前に亡くしていて子供は三人だ。ゆえに身重の時分から路を気にかけてくれていて、「乳母」も快く承諾してくれた。背丈も五尺二寸の咲よりやや高く、でっぷりとした肉置《ししお》きが「母親」の貫禄《かんろく》を醸し出している。

たっぷり乳を飲ませてもらった賢吉が再び眠りにつくと、節は賢吉をお包みに包んで陽の隣りに寝かせた。

「うふふ、今はお陽より小さいけれど、男の子だもの。あの三吉《さんきち》さんがおとっつぁんだし、きっと大きくなるだろうねぇ」

お包みの刺繍《ししゅう》に触れながら節が微笑む。「あの」と節が言ったのは、路の夫の三吉は六尺近い大男だからだ。

お包みは咲が贈った物で、勘吉の守り袋を戌《いぬ》年にかけた犬張子《いぬはりこ》の意匠《いしょう》にしたため、賢吉のお包みには丑《うし》年にかけて拳《こぶし》大の土鈴の牛を縫い取った。

「それにしても勘吉は相変わらずだねぇ。大人しくて羨《うらや》ましいよ」

路の向こうの部屋の隅で、ずっと寝入ったままの勘吉を見やって節が言う。

「寝ている時だけですよ」

横になったまま路が微苦笑を浮かべた。

「もう少ししたら起きて、一騒ぎになります」

「でもこれだけ昼寝してくれりゃ、大分手間が省けるじゃない。うちのちびどもは朝から晩まで忙《せわ》しないったらありゃしない。お隣りさんには悪いけど、ここでのひとときがあたしの一休みだよ」

陽の上は五歳と六歳の年子の男児で、手習い指南所に通うにはまだ早く、ちょっとした用事の際には隣人の手を借りているそうである。

「帰ったらまた二人してどったんばったん……でもその前に、お路さん、厠《かわや》に一緒に行かないかい?」

「あ、ありがとうございます」

「ううん。あたしも今行っとく方が楽だからさ。さ、お咲さん、手を貸しとくれ」

「合点です」

福久は五十代半ばと大分歳《とし》なため、厠はいつもは三十代半ばのしまと二人で支えて連れて行くのだが、しまが留守の際は福久を、今日のように二人とも留守だと男手を頼らざるを得ないから節の申し出はありがたい。本音も多少は混じっていようがこれも節の厚意の内で、一緒に路を両脇《りょうわき》から抱えて厠へ向かった。

厠から戻ると、咲は新たに水を張った桶を路の枕元《まくらもと》へ運んだ。傍らに添えた手ぬぐいと新しいおしめは悪露が続く路のためである。

「一人で平気かい?」

「うん。何かあったらちゃんと呼ぶから……」

節に礼を言いながら木戸まで見送りに行くと、入れ替わるようにしまの向かいに住む幸《さち》が帰って来た。

「お帰り」

「ただいま帰りました」

「早かったね」

「ほんの少しだけですよ」

いつの間にやら七ツを聞き逃していたようだ。

幸は神田明神《かんだみょうじん》の近くの茶屋・麦屋《むぎや》で茶汲《ちゃく》み女《おんな》をしている。いつもは六ツ近くまで帰らないのだが、今日は少しでも路の助けになれぬかと、早めに切り上げてきたという。

「お福久さんもおしまさんも出かけるって聞いたから……お咲さん、昼から大変だったでしょう？」

「それがそうでもなかったんだよ。勘吉はお昼を食べてからずっと眠ってるし、厠はさっきお節さんが手伝ってくれてね」

「それならよかったわ。じゃあ、勘吉はもう夕餉《ゆうげ》まで起きないかしら？」

「いや、きっとそろそろ――」

そう言いかけた矢先、勘吉が母親を呼ぶ声が聞こえてきた。

「ほら、噂《うわさ》をすりゃ影だ」

幸と顔を見合わせて笑みを漏らすと、咲たちは勘吉を表へ連れ出した。

長屋のある平永町《ひらながちょう》から南へ少し行くと、岸町《きしちょう》を東へ折れて玉池稲荷《たまいけいなり》を訪ねる。

玉池稲荷は睦月《むつき》に迷子になった勘吉が見つかった場所で、ここでしばらくかけっこやら鬼ごっこをして遊んでから、富山町《とみやまちょう》を回るようにして湯屋《ゆや》へ向かった。

勘吉は咲とは賢吉が生まれる前からほぼ毎日一緒に湯屋に行っていたが、幸が同行するのは珍しい。ゆえに、散歩でも湯屋でも勘吉は大はしゃぎだった。

「この分なら夜もぐっすり眠ってくれそうだね」

幸の手を引いて、先導するように家路を行く勘吉を見やって咲が囁《ささや》く。

「私もよく眠れそう。かけっこも鬼ごっこも何年ぶりかしら」

そう言って幸は微笑んだが、ふとした折に沈んだ顔になるのが咲には気にかかる。

幸は長屋の女の中では唯一外で仕事をしていて、顔を合わせるのはいつもは朝晩のみ、ゆっくり話したり、共に出かけたりすることは滅多にない。

子宝に恵まれないのを気にしているんだろう――と、咲は推察していた。

幸は路より一つだけ年上の二十三歳。うりざね顔のほっそりとした美人で、麦屋でのの評判も上々だと聞く。夫の新助《しんすけ》は料理人で、二人は三年ほど前、夫婦《めおと》の盃《さかずき》を交わしてしばらくしたのちに藤次郎《とうじろう》長屋に越してきた。

夫婦暮らしを三年経ても子をなせぬ女は「石女《うまずめ》」のそしりを受けることがあり、跡継ぎを重んじる家なら離縁を申し渡されることある。

新助も幸も身寄りはいないそうで、新助は雇われの一料理人だ。よって今は跡を継ぐような店もないのだが、互いに身寄りがいないからこそ、幸は子供という、より強い血の絆《きずな》を求めているように咲には思えた。

けど、こればっかりは授かりものだもの……

木戸をくぐった途端に勘吉は幸の手を放して母親のもとへ駆けて行ったが、何やら己までやるせなくなって、咲は幸の顔が見られなかった。

◎

二日後の月末《つきずえ》、咲は朝のうちに日本橋の小間物屋・桝田屋《ますだや》へ出かけた。

此度納める品物は二つの守り袋のみである。

「ここしばらく忙しくって……」

「もしや他からいい注文でも？」

「そんなんじゃありませんよ。あれからお路さんに赤子が生まれまして。なんだか女の子のような気がしてたんですけど、此度も男の子でしたよ」

十日前に店を訪れた時は、出産間近の路が心配で、女将《おかみ》の美弥《みや》とろくにおしゃべりしないうちに帰路についていた。

「まあ、おめでたい！」

座敷で美弥は無邪気に喜んだが、路の不調を告げると眉《まゆ》をひそめた。

「八日も経《た》つのに、それじゃ心配ね……」

「ですから、手間がかかる物はしばらく納められそうにありません。もちろん注文があれば引き受けますけど、いつもより待たせてしまうかと思います」

「判《わか》ったわ。でも、お咲ちゃんがいてお路さんは大助かりね。お咲ちゃんはほら、ご兄弟のお世話で慣れてるでしょう？　私はろくに子守をしたことがないから、おしめを替えるのもきっとあたふたしちゃうわ」

「あんなのはすぐ慣れますよ。それにお美弥さん、一体私をいくつだと思ってんです？　妹とだって七つしか違わないんですから、おしめ替えは母に任せきりでしたよ」

「あら」

「あら、じゃありません」

茶目っ気たっぷりに首をすくめた美弥に、咲は形ばかりむくれて見せた。

寡婦だった美弥が手代《てだい》の志郎《しろう》と夫婦になって、まだほんの一月余りだ。

美弥には死産と流産の過去があり、今年三十一歳と既に大年増《おおどしま》の仲間入りをしているものの、節のように三十代での出産もなくはない。二人の前ではとても口に出せないが、美弥の義母の寿《ひさ》共々、いずれ――できれば近いうちに――子宝に恵まれぬかと、咲は密《ひそ》かに祈っていた。

そんな咲の心中を知ってか知らずか微苦笑を浮かべた美弥に、咲もそれとない笑みで応《こた》える。

「お路さんは心配ですし、仕事がはかどらないのは困ったものなんですけど、子守はまあ楽しくやってます」

弟の太一《たいち》とは四つ、妹の雪《ゆき》とも七つしか違わぬゆえに、美弥に言った通り、おしめ替えを手伝った記憶はない。だが、二人の世話をする母親の晴《はる》や、弟妹二人の成長を間近で見てきたから、勘吉や賢吉の世話をする度に咲は昔を思い出す。

蒔絵師《まきえし》だった父親の元一《もといち》が存命中は、今の咲のように一家は二階建ての長屋に住んでいた。元一は残念ながら雪が生まれる前に疫病で亡くなったが、仕事場である二階ではいかめしい顔をしていても、階下では咲や太一の相手をしてくれた。晴が雪を身ごもってからは、元一と二人で晴を労《いたわ》りながら、三歳だった太一が辺りをうろちょろするのを共に追いかけて回ったものだ。

元一が死してからは九尺二間《くしやくにけん》に引っ越さざるを得なくなり、赤子の雪とやんちゃ盛りの太一の世話で晴は毎日多事多忙だった。晴は縫い物が得意で、元一亡き後は内職で着物を仕立てて暮らしを立てていたものの、女手一つで咲たち三人の子を養うのは並大抵の苦労ではなかった筈《はず》だ。

あの頃《ころ》はまだ己も幼く、十歳で奉公に出てしまったこともあって大した手伝いはできなかったが、母親に尽くせなかった分も合わせて路の力になりたいと咲は考えていた。

二つの守り袋の意匠は猿と睡蓮《すいれん》で、猿は干支《えと》の置物を模して愛らしさを出した。睡蓮は時節に合わせた花で、地色を柳染《やなぎぞめ》、花と蕾《つぼみ》と葉の他にうっすらと水紋を入れてしっとりとした絵柄に仕上げた。

「これは女の人に売れそうね。お財布や小間物入れにも使えるもの」

睡蓮の守り袋を手にして美弥が言う。

「猿の守り袋は年越しまでにもっと売れるわ。もう二、三――少しずつ違う意匠のを作ってもらえる？」

「もちろんです」

申年生《さる》まれは今年六歳で、来年七歳になれば手習いやら外遊びやらで親から離れることが多くなる。

「お路さんは縫い物が苦手だったわね。とすると、赤ちゃんの守り袋はいずれお咲ちゃんが作るのかしら？」

「ええ、生まれる前から頼まれてますよ。守り袋にはまだ早いから、まずは丑年にかけて牛の刺繡を入れたお包みを贈りましたけど」

「そうよ、お包みという手もあったわね！」

目を輝かせて美弥は言った。

「お包みと一緒なら赤子のうちでも守り袋を売り込めるわ。なぁんだ、お咲ちゃん、もっと早く言ってよ」

「はあ」

「意匠も守り袋とお揃《そろ》いにすれば、お咲ちゃんの手間だって大分省けるでしょう？　子供が少し大きくなったら、仕立て直して背守《せまも》りや巾着《きんちゃく》に使えるわ」

おっとりしているようで、こういうところは日本橋に店を構える女将だけある。

浮き浮きしながら店先に戻った美弥は、客足が途切れたのを見計らって早速志郎にこの思いつきを話した。

「なるほど、お包みと守り袋を一組に……うちは小間物屋ですから、お包みまでは気が回りませんでした。妙案です、お咲さん」

「私じゃなくて、お美弥さんの案ですよ」

咲が言うと、志郎はほんのり目元と口元を緩めて美弥を見やった。

「妙案です、お美弥さん」

「それほどでも」

ほんの一瞬見つめ合ってうつむく二人に、咲もつられて目をそらす。

まずまずうまくいっているようだと二人の仲に安堵《あんど》する傍ら、どこか羨ましさを覚えて咲はそそくさと暇《いとま》を告げた。


九ツ前に長屋に戻ると、少し前にしまが急用で出かけたそうで、子守と路の世話で福久がてんてこ舞いしていた。

手分けしてあれこれ済ませて、朝餉《あさげ》の残りを昼餉《ひるげ》としたが、いつもならすぐに母親の傍《そば》で昼寝に就く勘吉が、今日に限って一向に眠気を見せない。

「ちょいとそこらを回って来ますよ」

勘吉とは裏腹に疲労でとろんとしてきた福久にそう告げて、咲は勘吉を連れ出した。

どうせすぐに眠くなるだろう――

そう見越して隣町を一回りして帰るつもりで北へ折れると、勘吉は咲の手をぐいぐい引いて更に北へ——神田川《かんだがわ》の方へと向かう。

柳原《やなぎわら》が見えてくると、勘吉は咲の手を放して駆け出した。

「こら、勘吉！　お待ち！」

急ぎ追いかけて、川沿いの通りに出たところで捕まえると、咲は膝《ひざ》を折って勘吉に言い聞かせた。

「お外で急に駆け出しちゃいけないよ！　人様にぶつかったら危ないし、迷子になっても困るからね」

「おさきさん……」

「ましてや川に近付いちゃならないよ！　勘吉みたいな小さい子は、何が命取りになるか判らないんだから——」

咲の勢いに押されたのか、勘吉は唇を噛《か》んでじわりと目を潤ませた。

——と。

「あ、咲が怒ってる」

「また怒ってる」

聞き覚えのある声に振り向くと、柳原の東の方から、しろとましろが小走りに近付いて来る。

二人の後ろには錺師《かざりし》の修次《しゅうじ》の姿も見えた。

双子で揃いの藍《あい》染の着物を着たしろとましろは、見た目は七、八歳の子供なのだが、咲と修次は密かに神狐《しんこ》の化身だと信じている。

柳原の和泉橋《いずみばし》の東側には小さな無名の稲荷神社があり、古ぼけた社《やしろ》と鳥居とは裏腹の真新しい対《つい》の神狐が二人の依代《よりしろ》ではないかと咲たちは考えていた。

「怒ってんじゃない。叱《しか》ってんのさ」

「だって怖い顔してる」

「すっごく怖い顔してる」

「あたり前じゃないか。大事なことを話してんだから。人様に迷惑かけないように、迷子にならないように、川に落ちたりしないように……笑いごとじゃないんだよ。あんたたちだって同じだよ。そういや、あんたたちは泳げんのかい？」

「……ちょびっとだけ」

咲の問いに双子はもじもじとして応えた。

「ちょびっとなら」

「だったら、あんたたちも川にはうかつに近付かないようにするんだね。二人一緒はいいけどね、二人一緒に溺《おぼ》れちまったらどうすんのさ」

「はぁい」

「はぁい」

二人が素直に応えるのへ、勘吉も真似《まね》をして言った。

「はぁい」

興味深げに自分たちを見上げる勘吉に、しろとましろは一人ずつ名乗った。

「おいらはしろ」

「おいらはましろ」

「おいらはかんきちです！」

勘吉が名乗ると、しろとましろは揃ってにっこりとした。

「ふふ、知ってるよ、勘吉」

「迷子の勘吉」

「ま、まいごじゃないよ」

「今日はね」

「今日は咲が一緒だもの」

「一人で出かけちゃ危ないよ」

「一人は駄目だよ、勘吉」

双子が言うのを交互に見やってから、勘吉は再び「はぁい」と応えて微笑んだ。

「今日は勘吉と散歩かい？」

のんびりと双子の後からやって来た修次が問うた。

「まあな。修次さんはこの二人とお出かけかい？」

「まあね。柳川《やながわ》に行く道中でこいつらに会ってよ。三人で信太《しのだ》を食って来たとこさ」

柳川というのは松枝町《まつえだちょう》にある蕎麦屋《そばや》で、信太蕎麦に入っている煮付けた油揚げはしろとましろの好物だ。

「腹ごなしに神田明神に行くってったら、こいつらもついて来るって言うんでよ」

「だって、おいらたちもあっちに用があるんだ」

「今日は川向うに用があるんだ」

「ふうん……」

相槌《あいづち》を打つ咲の袖《そで》を勘吉が引いた。

「おいらも！　おいらもいっしょにいく！」

「ううん、でもねぇ……」

「いいじゃねぇか。明神さまは川を渡ってすぐそこだ。なぁ、勘吉？」

「うん。おいらもみょうじんさまにいく」

修次と勘吉がそれぞれ目を細めると、咲の返事を待たずに双子が勘吉の手を取った。

「じゃあ行こう」

「一緒に明神さまに会いに行こう」

勘吉を真ん中にして先を行く子供たちの背中を見ながら、咲は修次と並んで川沿いを西へ歩いた。

筋違御門《すじかいごもん》を通り過ぎ、更に少し西にある昌平橋《しょうへいばし》から神田川を渡る。

昌平橋から二町ほど北へ進むと神田明神が見えてくる。

「お参りの後で茶でもどうだい？」

「そりゃ勘吉次第だね」

ぐずるようなら茶どころではないだろうと、咲は修次の誘いに曖昧《あいまい》に頷《うなず》いた。

でも、お茶なら——と、咲は近付いてきた大鳥居の更に先を見やった。

幸が勤める茶屋の麦屋は、大鳥居を通り過ぎて十間ほどのところにある。石坂の近くの見晴らしのよい茶屋には敵《かな》わないが、鳥居前でも一休みする客は引きも切らない。

ちょうど幸は店の外に出ていたが、何やら女客と話し込んでいた。

白茶《しらちゃ》色の縞《しま》の着物に柳色の帯を締めた女は、紫陽花《あじさい》が染め抜かれた藍色の巾着を手にしていて、背筋がぴんとしているあたりがそこそこの身分を思わせる。

「おさきさん、はやくー」

先に大鳥居をくぐった勘吉に呼ばれて、咲は急いで後を追った。

緩やかな坂を上って随神門《ずいじんもん》を抜け、社殿に近付くと、しろとましろは根津権現《ねづごんげん》でそうしたように左右の狛犬《こまいぬ》に手を合わせる。

「ふむ。狛犬さまとの仲は悪くねぇようだな」

「そうみたいだね」

「だがほら、『木幡狐《こわたぎつね》』じゃ狐のお姫さんは犬に追われちまうじゃねぇか」

山城国木幡《やましろのくにこはた》の里に住む眷属《けんぞく》の狐の姫が人に化けて、都の三位《さんみ》の中将《ちゅうじょう》と想《おも》い合って結ばれる――というのが御伽草子《おとぎぞうし》の「木幡狐」である。夫婦になった二人は跡継ぎとなる男児にも恵まれるのだが、この若君の三歳の祝いに犬が献上されると聞き、犬に正体を見破られてしまうと恐れた姫は泣く泣く木幡の里へ帰るのだ。「木幡狐」に限らず、妖狐《ようこ》、化《ば》け狐《ぎつね》、野干《やかん》などと呼ばれる類《たぐい》のものは犬を苦手としていることが多い。

「そうだねぇ……でも狛犬さまはお狐さまと一緒で神さまの遣いだもの。そこらの犬や山犬――獅子《しし》とだって違うんじゃないのかい」

「それもそうか」

くすりとして修次は、双子に倣って狛犬に手を合わせた勘吉の後ろで、同じように手を合わせた。

参拝を済ませたのち、修次は咲たちを境内《けいだい》の東側にある——石坂に近い見晴らしがよい方の——茶屋にいざなった。

縁台の東側に鈴なりに座って、武家や町家の屋根や、右手を流れる神田川の景色を眺めながら、皆で茶饅頭《ちゃまんじゅう》をゆっくりと食《は》む。

「仕事はどうだい、お咲さん？」

「まああさ」

勘吉が傍にいるため路が寝付いていることは伏せたが、赤子が生まれて手伝いをしていることや、お包みを贈ったこと、桝田屋からもお包みの注文がきそうだということを話した。

「守り袋とお包みか。桝田屋の女将さんは商売上手だな」

修次が言うと、しろかましろかどちらかが問うた。

「ねぇ、咲、お包みってなぁに？」

「お包みってのは、赤子を抱っこしたり寝かせたりする時に包む物だよ」

「おくるみは、けんきちのかいまき」

咲の隣りで勘吉も応える。

「そうそう。風呂敷や襟巻――寒い時は綿入れなんかでもいいんだけど、肌着やおしめの上から、こう、くるっと包んでおくと、赤子がよく眠ってくれるのさ。あったかいし、おっかさんに抱っこされてるみたいで安心するんだろう」

母親の抱っこは最後が思い出せぬほど遠い昔になってしまったが、冬の夜などは掻巻に包まっているだけでなんだかほっとするものだ。

「おっかさん……」

「抱っこ……」

しろとましろがそれぞれどことなく恋しそうにつぶやくと、路を思い出したのか勘吉がうつむいた。

早々に茶饅頭を食べ終えると、双子は揃って立ち上がる。

「お饅頭ご馳走《ちそう》さま」

「ご馳走さま」

二人がぺこりと頭を下げると、勘吉も縁台から下りてぺこりとした。

「ごちそうさま」

更に北へ向かうというしろとましろに勘吉もついて行きたがったが、今度は双子は首を横に振った。

「こっから先は連れてけないよ」

「どうして?」と、勘吉。

「他の者は連れてけないんだ」

「勘吉だけじゃないよ」

「修次も咲も連れてかないよ」

勘吉がしょんぼりする傍らで、咲は修次と目を交わす。

眷属の寄り合いでもあるのかね――

双子が去ってしまうと、腹がくちく眠くなったのか勘吉がぐずり出した。

「俺《おれ》が抱っこして行こう」

そう言うと修次は咲が財布を出す前にさっと折敷《おしき》に代金を置き、これまたさっと勘吉を抱き上げた。

「しゅうじさんも、ながやにくる?」

「ああ、長屋まで送ってくさ」

「じゃあね、じゃあ、けんきちがいるよ。おいらのおとと」

「勘吉の『おとと』か。そら楽しみだ」

「うふふ」

満足げに微笑むと、勘吉はすぐに修次の腕の中で眠りについた。

「うう、こりゃなかなか重いな」

鍛冶屋《かじや》の次男にして末子だった修次は、子守とは無縁で育ったようだ。

「もう四つだもの。ふふ、ご苦労さん」

「お咲さんよ……まあいいや」

ぼやいたのは形ばかりで、勘吉を抱き直して修次は楽しげに微笑んだ。


長屋に着いても勘吉はぐっすり眠ったままで、修次は上がりかまちに勘吉を下ろすと、やはり眠っている路や賢吉を起こさぬよう、すぐに暇を告げて帰った。

勘吉は六ツが鳴っても起きなかったが、更に半刻《はんとき》ほどして三吉がいつもより早く帰って来ると、たちまち目を覚まして父親にまとわりついた。

「みょうじんさまに、あいにいったの」

「おお、そうかい」

「しろさんと、ましろさんと、しゅうじさん」

「しゅうじさんが、おまんじゅうくれた」

「そうか、そうか。――修次さんってのは、お咲さんのいい人だったな？」

「違うよ。何言ってんだい、三吉さん」

夕餉の手伝いに来ていた咲は、じろりと三吉を睨《にら》んで言った。

「だって、お路が……」

「もう、何を吹き込んでんのさ、お路さん」

「だって……」

背中にあてた掻巻にもたれて路は笑ったが、声はか細く張りがない。暮れ時とあって顔色も一層暗く見える。

煎《せん》じ薬を飲みながらとはいえ、夕餉に粥《かゆ》を一杯食べたのみで路はまた眠りについた。

――夜半、咲は賢吉の泣き声で目が覚めた。

しばらく耳を澄ませていたが一向に泣き止《や》む気配がなく、それどころか勘吉の泣き声まで聞こえてきたため、咲は起き出して外へ出た。

通りすがりに戸口から顔を覗《のぞ》かせたしまに「私が行きます」と囁いてから、路の家に声をかける。

「お路さん、三吉さん」

「ああ、お咲さん、入ってください」

引き戸の向こうから三吉の声がした。

戸を開くと、三吉の向こうで路が賢吉に乳をやっているようだ。

「おさきさん」と、勘吉がか細い声で呼ぶ。

「うん。よしよし勘吉、こっちにおいで」

父親の後ろからよちよちと出て来た勘吉を、咲は上がりかまちで抱き締めた。

「ふふ、勘吉はおねしょしてないよ」

「お、おいら、おねしょしてないよ」

「なんだ。そんなら、よかったよかった」

手ぬぐいで涙を拭《ふ》いて、ぽんぽんと背中を叩《たた》いてあやすと勘吉はすぐに泣き止んだものの、咲にしがみついたままである。

「ごめんなさい……」

乳の出が悪いのか、賢吉が泣き止む気配はない。

「いや、重湯をやってみるから、お前はもう休むといい」

路から賢吉を受け取ると、三吉は夕餉の折に取っておいた重湯を、指と木匙《きさじ》を使って賢吉に含ませた。

なんとか椀《わん》に一杯の重湯を飲ませたが、静かになったのはほんのしばしで賢吉は再びぐずり出す。

「いやはや……ちょいと外に出て来やす」

三吉が言うと、勘吉も咲から離れて言った。

「おいらも。おいらもいく」

「よしきた、ほい」

左手に賢吉を抱いたまま、右手で勘吉を軽々と抱き上げると、三吉はそっと表へ出て行った。

「お咲さん、ごめんなさい……」

「なんも謝るこたないよ」

「私……私、怖い……」

「どうしたんだい？」

震える声を聞いて、咲は草履を脱いで路の傍らで膝を折った。

「怖いの。お咲さん。私……死んじゃったらどうしよう……」

有明行灯《ありあけあんどん》のみの薄闇《うすやみ》なのは幸いだった。

回復の兆しが見えないことを案じていたが、こんなに「死」を近くに感じていたとは思っていなかったのだ。勘吉が泣き出したのも、賢吉につられたのではなく、路の不安を感じ取ったからかもしれなかった。

胸中の動揺を隠して座り込むと、咲はそっと路の肩に触れた。

「たちの悪い冗談はよしとくれ。つるかめつるかめ——」

「でも、身体がまったく思うように動かないの……お乳の出もずっと悪いし……勘吉の時はこんなことなかったのに……」

「ゆっくり治していくしかないよ。でもほら、賢吉は無事に生まれてきたよ。重湯も研ぎ汁も嫌がらずにたっぷり飲むし、夜泣きも太一や雪より大分ましさ。だからあんたはあれこれ気に病まないで、今はじっとしておいで」

当たり障りのないことしか言えぬ己が情けない。

誰《だれ》も油断していなかった。

勘吉の時は安産だったが、どんな出産も命懸けだと、子を産んでいなくとも——独り身でも、男でも——皆知っている。誰しも身内や知り合いに、一人二人は難産や産後の肥立ちが悪くて死した者がいるからだ。

「何かあったら遠慮しないで呼んどくれ。なんでもいいんだよ。昼間でも怖くなったらいつでも言うんだよ。すっ飛んで来るからね」

「うん……」

涙ぐむ路の目元を手ぬぐいで拭いてやると、微《かす》かな足音が帰って来た。

三吉の腕の中で二人の子供は眠りについたようである。

「お咲さん、すいやせん」

「よしとくれよ、三吉さんまで」

路の肩を再び一撫《ひとな》でしてから、咲は己の家に戻った。

◎

翌朝、井戸端で見かけた三吉の目の下には濃い隈《くま》ができていた。

あれからまた幾度か泣き声がしたのだが、都度三吉があやしていたようだ。

追うように顔を洗いに来た新助の目元にも隈があり、三吉が大きな身体を曲げて頭を下げた。

「うるさくてすいやせん」

「なんの。大したことじゃねぇ」

そう言って新助は微笑したが、眠たげに目を瞬いた。

咲が朝餉を済ませて鍋《なべ》や器を洗いに再び井戸端に行くと、新助の左隣りに住む瓦師《かわらし》の多平《たへい》が大家の藤次郎の戸口で話し込んでいた。

「どうも、お幸さんは昨日帰って来なかったみてぇで……」

夜泣きよりも、幸を案じて眠れなかったのだろうと言うのである。

そういえば夕餉の折にも見かけなかったと、今更ながら咲は気付いた。

咲に目を留めた藤次郎に頼み込まれて、咲は散歩を装って麦屋に向かった。

「どうしました、お咲さん？」

麦屋はこれまでに幾度か訪ねたことがある。女将は咲を覚えていたようで、店先から窺《うかが》う咲に問うた。

「お幸さんがいらしてないかと思いまして」

「と仰《おつしや》いますと？」

まだ店を開くには早い刻限だ。辺りを見回し、人気がないのを確かめてから咲は声を低めて言った。

「どうも昨日長屋に戻らなかったようで、もしや行方知れずなのではないかと、大家さんに頼まれて様子を見に来たのです」

「大家さんが？」

声をひそめて、女将も囁くようにして応える。

「それならお教えしますけど、お幸さんならおうちですよ」

「おうち?」

「ああ、長屋じゃなくて日本橋の『今倉屋《いまくらや》』の方です。なんでもお母さまの具合が悪いそうで、二、三日休ませて欲しいと言われました」

「さようで」

身寄りがいないってのは嘘《うそ》だったのか——

さりげなく応えたつもりだったが、驚きが伝わってしまったようで、女将はしまったという顔をした。

「お咲さんだから打ち明けたんですよ。お幸さんが長屋で一番仲のいい人だと言っていたから……でも、お咲さんも知らなかったんですね?」

「身寄りはいないと聞いていました。親兄弟も親類も、みんなもう亡くしたと」

「うちでもそのようにしていたんですがね……昨日の知らせでうちの者にはばれちゃったみたいだけれど、どうか長屋のみんなにはまだ内緒にしといてください。ああでも、大家さんはご存じの筈です。前にそう言っていましたから」

念押しする女将に約束して、咲は麦屋を後にした。

日本橋の今倉屋には心当たりがあった。大通りを一本入ったところにあるが、間口が六間はあろうかという乾物屋だ。俗に間口十間から大店《おおだな》と呼ばれるが、いわゆる「日本橋」の六間は神田《かんだ》の十間と変わらぬかそれ以上の格がある。

今倉屋が幸の実方《じつかた》だというのも驚きだが、幸が己を「長屋で一番仲のいい人」と言っていたことの方により驚いた。

しかし、歳は路の方が近くとも、己と同じく子供を持たぬ咲の方が幸には親しく感ぜられるのやもしれない。仕事は違えど、二人とも一日中、年中働いているのも似かよっている。

長屋へ折り返すと、藤次郎の家に上がり込んで麦屋の女将からの言葉を伝えた。

「そうか、おっかさんの具合が……じゃあ新助さんが帰って来たら、私から話をしておくよ。足労かけたね、お咲ちゃん。ああ、このことはみんなには」

「承知しておりますよ。おっかさんの代わりに、友人の看病をしているとでも言っときます」

先回りして応えると、「頼んだよ」と藤次郎は頷いた。

藤次郎の家を出ると、己の家に着く前に、早速しまと福久に呼び止められる。

どうやら二人が番屋に行くと言い張ったため、藤次郎は咲が麦屋に行ったことを明かさざるを得なかったらしい。

「友人の看病にねぇ……」

咲の話を聞いて、しまは訝《いぶか》しげに眉と声をひそめた。

「実はさ、私、見ちゃったんだよ」

「見たって——何をですか？」

「こないだ寛永寺《かんえいじ》に行った帰りにさ、新助さんと女が何やら話し込んでんのをさ」

新助の勤める料亭・光心《こうしん》は上野の新黒門町《しんくろもんちょう》にある。

「お店から少し離れたところで、二人して人目をはばかるように……ありゃきっと深い仲の女だよ」

「まさか」

咲は言ったが、福久は小さく溜息《ためいき》をついた。

「新助さんは洒落者《しゃれもの》だしねぇ……」

目を見張るほどの美男ではないが、長屋の男たちの中では一番面立ちが整っていて、身なりにもそこそこ金をかけている。

「そうそう。前にもなんだか似たような——そうじゃないかと思ったことがあったんだよ。お幸さんが浮かない顔をしててさ」

「あったわねぇ……昨年の長月《ながつき》だったか神無月《かんなづき》だったか」

夜半に新助と幸が小声で言い争い、幸がしばらく泣いていたというのである。

「そんなことが？」

「お咲ちゃんは仕事で忙しくしてたから……それに、私はあれは子宝に恵まれないせいじゃないかと思ってたわ」

「だからですよ、お福久さん。だからつい、よその女とねんごろになっちまったんじゃないかねぇ？　おんなじ女かどうかは知らないけれど、こないだ見たのは紫陽花の巾着を持った、そこそこ身なりのいい人でしたよ」

紫陽花の巾着と聞いて、咲は昨日麦屋で見かけた女を思い出した。

――とすると、あの人が新助さんの浮気相手……？

このところ沈んだ顔をしていたのは、新助さんの不義やおっかさんの病のせいだったのか……

「それにしても友人ってのは誰なんだろう？」

首をかしげてしまが言った。

「そんな親しい人がいるようには見えないけどねぇ」

「茶屋の人かもしれないわ。ねぇ、お咲ちゃん？」

「そうですね。まあ、人にはいろいろありますから……」

「そうそう、いろいろあるものね」

おっとりとして福久は言ったが、二回り以上も年上の福久には、己の嘘や思いを見抜かれているような気がした。

幼少の頃は太一と雪の子守で手が一杯で、長屋や手習いで出会った子供たちと遊ぶ時もいつも弟妹が一緒だった。一人親となった母親を助けるために、周りより早く十歳で奉公に出てからは同年代の「友達」とはどんどん道が離れていった。

十二歳で見習いになってから、弟子入り、独り立ちを経て、十五年もほぼ縫箔に費やしてきたため、友人らしい友人が思い当たらない。親方の弥四郎《やしろう》宅の女中たちや、以前住んでいた長屋のおかみたちとは今でも付き合いがなくはないが、友人と呼べるほど親しくはない。

福久やしまや路にしても、同じ長屋に住んでいるがゆえに、友人というより身内のようである。

強いて言えばお美弥さん――?

そんなことを考えつつ仕事に励み、合間に路や子供たちの世話をしていると、七ツを過ぎて当の美弥がやって来た。

ちょうど井戸端で勘吉の鞠《まり》遊びの相手をしていたのだが、勘吉の方が先に美弥を認めて声を上げた。

「おさきさん、おきゃくさん！　おみやさん！」

「勘吉さん、こんにちは」

美弥が微笑むと、勘吉も鞠を抱いて「こんにちは」とはにかんだ。

「仕事の話ですか？」

「ええ、でもすぐに済むわ。昨日の今日なんだけど、早速お包みの注文がきたのよ」

「おくるみ！」と、これまた勘吉が先に声を上げる。

「そうよ。お咲さんにお包みを作ってもらうのよ」

勘吉ににっこりとしてから、美弥は巾着から小さな包みを出した。

「昨日の猿の守り袋と前金よ。これとお揃いのお包みを頼まれたの」

「でもこれは今年六つの子のために」

「ええ。でもその男の子には先だって歳の離れた弟ができて、弟のお包みを大層羨ましがっているんですって。お客さまが言うには、きっとお包みじゃなくて、お母さんの抱っこが恋しいんだろうって……だから、五巾《いっはば》の風呂敷を頼むって言われたわ」

「五巾ですか？」

風呂敷の大きさを表す巾は鯨尺《くじらじゃく》の九寸を基にしており、鯨尺の一尺は曲尺《かねじゃく》の一尺より二寸五分長い。並の風呂敷は二巾《ふたはば》から三巾《みはば》の大きさが主で、五巾となると一辺が曲尺の六尺ほどにもなる。

「それだけあれば六つの子も包まって眠れるでしょう？　いずれ使わなくなったら夜具の風呂敷にするそうよ。ふふ、風呂敷の仕立て代も合わせて吹っかけておいたから」

兄になったとはいえ、まだ六歳なれば母親の温《ぬく》もりが恋しいのも頷ける。

「おくるみ……」

羨ましそうに勘吉がつぶやいたのへ、咲は腰をかがめて勘吉の頰に触れた。

「勘吉にも、守り袋とお揃いのお包みを作ろうかね？」

「おいらのおくるみ？」

「そうさ。でも注文のお包みが先だよ。仕事だからね」

「うん！」

目を輝かせて勘吉は頷いた。

「おいら、おしごとのじゃましないよ。おしごとのじゃまはだめって、おっかさんいつもいってるもん」

「あら、ありがとう」と、礼を言ったのは美弥である。「でも、勘吉さんのも早く作ってもらえるといいわね」

「うん。おいらきのう——きのう、おくるみのおはなしした」

「まあ、そうだったの？」

「みょうじんさまで、ふたりとね、しゅうじさんとおはなししたの」

「まあ、修次さんと一緒に明神さまに行ったのね？」

「うん。みんなでいったの」

「まああ……」

にんまりとする美弥に咲は言った。

「みんなってのはあれですよ。あちらにもお連れさんがいたんです」

「じゃあ、修次さんは女の人と一緒だったの？」

そう美弥が問うたのは勘吉だ。

「ううん。おとこのひと。おとこのひとがふたり」

「なぁんだ。じゃあ、お友達ね」

「そう。おともだち」

「もう、お咲さんたら紛らわしいこと言うんだから」

「お美弥さんが変に勘繰るからです」

「だって、お咲さん……」

がっかりとした美弥に、勘吉がすかさず無邪気に言った。

「しゅうじさんはね、おさきさんのいいひと」

「えっ？」

「こら勘吉！　あれはおとっつぁんの悪ふざけだよ。違うんです、お美弥さん」

「うふふ」

「うふふ、じゃありません。修次さんはただの……職人仲間ですよ」

うっかり「友人ですよ」と言いそうになって、そんな己に咲は慌てた。

咲の戸惑いを見て取ったのか、美弥は再び「うふふ」と笑んだ。


美弥を見送るついでに、勘吉ともらい乳を頼みに向かいの長屋へ行った。

節と一緒に戻って来ると、木戸の前に女が一人いて、店子《たなこ》の名前が記された木札を見上げている。手に提げている紫陽花の巾着には見覚えがあり、どうやら昨日麦屋で見かけた——新助の浮気相手かもしれない——女らしい。

「うちの長屋に何かご用で？」

「お幸さんにお目にかかりたいのですけれど、呼んで来てもらえないかしら？」

勘吉に節と一緒に家に帰るよう促し、咲は木戸の前にとどまった。

「お幸さんは昨日からお留守ですよ」

「留守？」

「ええ。しばらく留守にするそうです」

咲が頷くと、女は「ふん」と小さく鼻を鳴らした。

「麦屋にもいないから、てっきりこっちに戻っていると思ったのに……ああ、私はお幸さん――いえ、お幸の姉の常《つね》と申します」

「お姉さん？」

思わず声が上ずった。

麦屋では遠目だったが、正面からよくみると常の目鼻立ちは幸に似ていて、血縁なのは間違いなさそうだ。

「ええ。お幸は隠していたようですけどね、あの子は本当ならこんな裏長屋にいるような娘じゃないんですよ。うちは日本橋で商売しておりましてね」

「そうお聞きしております」

憮然《ぶぜん》として咲は続けた。

「こんな裏長屋でも住めば都でございますが……お幸さんになんのご用ですか？　何か言伝《ことづて》でもおありなら承りますよ」

「じゃあ、お願いしようかしら。母が悲しんでいると伝えてください。あの子は昨晩うちに帰って来たんです。せっかく三年ぶりに顔を合わせたっていうのに、あの子ったら早々にまた家を飛び出して……さっさと新助さんから離縁状をもらって、うちに帰るように言ってくださいまし」

「離縁状ですって？」

「ええ。ああ、新助さんなら三行半《みくだりはん》かしら」

小莫迦《こばか》にした様子で常は言った。

離縁状はその名の通り、婚姻の解消を記した文書で、「去り状」とも「暇状《いとまじょう》」とも呼ばれている。「三行半」も離縁状の別名だが、これは離縁状の多くが三行半でまとめてあるということの他、文字を知らぬ者は三本と半分の線を書くことで離縁状とみなされるという所以《ゆえん》があるからだ。とはいえ、己で書けぬ者は知人や代書屋に頼めば済むことだから、線のみの三行半など咲は身近では見たことも聞いたこともない。

「新助さんは時折、お店のお品書きを書いておりますよ」

「あら、そうでしたか。でも、あの男が夫じゃ……」

つんとして、嫌みったらしく常は声を低めた。

「あの男の前妻は、再縁して二年のうちに子を産んだんですよ。三年経っても子ができないからって、前妻を石女呼ばわりして離縁状を突きつけたそうだけど、とどのつまりはあの男が――」

「やめてください！」

そう叫んだのは幸である。

小走りに近付いてくると、幸は常を押しやるように木戸から離した。

「いい加減にしてください」

「いい加減にするのはあなたでしょう」

「私はもう家を出た身です。放《ほ》っといてください」

「そうはいきませんよ。妹が女盛りを無駄にするのを黙って見過ごせるものですか」

「帰って！　もうお帰りください！」

「はいはい、今日のところは帰りますよ。でもお幸、よーく考えてごらんなさい。子はなせない、独り立ちもまだ……三年前は見えなかったかもしれないけれど、今一度、よくあの男を見てごらんなさいな」

幸は常を睨みつけたが、常はびくともせず呆《あき》れた溜息を一つ漏らした。

常の背中が見えなくなると、幸は眉尻《まゆじり》を下げて唇を噛んだ。

「……お咲さん、あの、少し外でお話を」

「ああ、もちろん」

幸にいざなわれて、咲は長屋の木戸を離れた。


黙って柳原まで出ると、幸はようやく口を開いた。

「あの、さっきのこと……みんなには黙っていてもらえませんか？」

「そりゃ構わないけど、ちっとは聞かれちまったかもしれないよ？」

往来で騒ぎ立てたくなかったのか、常はそれなりに小声で話していたため、姉だの離縁だのというのは聞こえなかっただろう。だが、荒らげた幸の声は長屋にも届いた筈だ。

「そうですね。ああ、もう」

「新助さんのことはおいといて、おっかさんはいいのかい？　麦屋の女将さんから聞いたんだけど、具合が悪いそうじゃないの」

「麦屋の？」

「女将さんを責めないどくれ。私がお幸さんと『仲良し』だから教えてくれたのさ」

朝のうちに麦屋を訪ねたことを話すと、幸は「あ……」と、束《つか》の間《ま》目を落とした。

「ごめんなさい。私――お店では見栄《みえ》を張って、お咲さんのことたくさんお話ししてました……女の職人さんは珍しいし、日本橋のお店に出入りしていることとか、その、みんなに自慢したくって……」

「いいんだよ。ふふ、私なんかでも少しはお飾りになったんなら嬉《うれ》しいよ」

咲が言うと、幸はほんの少しだが目元を緩めた。

「――母の心配はいりません。具合が悪いっていうのは嘘だったんです」

「嘘？」

「床に就いていると言えば、私が母に会いに行くと思ったんでしょう。まんまと騙《だま》されて訪ねてみたけれど、ぴんぴんしていましたよ。――先ほど姉からお聞きになったでしょう？　母から同じことを聞かされました」

幸より二つ年上で二十五歳の新助は、十七歳で一度妻を娶《めと》っていた。

「私と違って新助さんには本当に身寄りがいないんです。親兄弟も親類も十になる前にみんな亡くなってしまったそうで、最後に一緒に暮らしていた叔父さんが病で亡くなった後、叔父さんのご友人のつてで今の親方のところへ、九つで奉公に入ったんです」

とすると、血の絆を求めていたのは、新助さんの方だったのか……

親方に頼み込んで、新助は修業中にもかかわらず若くして所帯を持ったものの、嫁と「仲違い」して四年前——二十一歳で離縁したという。

幸が新助と出会ったのは寛永寺で、新助が前妻と離縁してから半年ほど経ったのちだった。互いに惹《ひ》かれ合い、すぐに文を交わすまでになったが、幸の親兄弟や親類はこぞって反対した。

「うちは二人姉妹なので、店は姉が婿取りをして継いだのですが、みんな私が店の者と一緒になって、姉と共に店をもり立てていくのを望んでいました」

身寄りのない、一料理人と身を固めるなぞとんでもない——と言われて、幸は駆け落ち同然に家を飛び出した。

新助の長屋に身を寄せたのもひとときで、新助の前妻が大家の遠縁だったために居心地が悪く、気持ちを新たにするためにも藤次郎長屋に引っ越したという。

「前の長屋も今の長屋も親方さんのってで、親方さんが請人になってくださって……前の長屋は上野で大分離れていますし、家には帰らない覚悟で出てきましたから、大家さんには二人とも身寄りがいないことにしてもらったんです」

「そうだったのかい……お幸さんが昨夜帰らなかったもんだから、新助さんはどうも寝付けなかったようでね。ああでも、お常さんはどうやら新助さんのお店にも行ったようだけど、お幸さんは聞いてるかい？」

「姉が光心に？」

「うん。しばらく前に、おしまさんが寛永寺からの帰り道で見かけたそうだよ。何やら二人で話し込んでたってから、お常さんは新助さんにもあんたとの離縁を迫ったんじゃないかねぇ？」

「そんなことが……あの人、姉が訪ねて来たなんて一言も」

「そりゃ、あんたにはおいそれと言えないだろうよ」

自分が種無しかもしれないなんて――

察するに、今倉屋は新助に情けをかけたのだろう。

前妻の懐妊を知ってまずは新助に離縁を迫ったものの、一向に離縁する気配がないゆえに幸や咲――長屋の者――にも明かすことにしたのだと思われる。

「それにしてもよかったよ。実は私も昨日、明神さまを訪ねた折にお幸さんとお常さんが麦屋で話しているのを見かけていてね。後でおしまさんから似たような女の人が新助さんと話し込んでたって聞いて、その、もしやお常さんは新助さんの不義の相手で、麦屋に押しかけて来たんじゃないかと疑っちまったよ」

「不義……」

「ああ、だからそいつは誤解でね。新助さんはお幸さんと離縁する気がないから何も言わなかったんだろうし、お幸さんだってまた家を飛び出して来たってことは、この先も新助さんと暮らすつもりだからだろう？」

殊更明るく咲は言ったが、幸は黙って目を落とした。

「……もしかして、離縁状をもらいに戻って来たのかい？」

「いえ」

幸は首を振ったが、すぐさま更に打ち消した。

「ううん、本当は判りません。母にはまた啖呵《たんか》を切って……私にはあの人しかいないと思って家を出て来たけれど、なんだか長屋にも帰りづらくて」

幸とて子供を望んでいるのは明らかだった。

「仲良し」かどうかは別として、子供を持たない咲と幸は、共に勘吉の成長や路の懐妊を喜び、時に羨ましく見守ってきた仲だ。

新助が種無しだと決めつけることはできないが、三年を経ても幸が一度も懐妊していないのは事実であり、前妻が再縁して子をなしたのも嘘ではなかろう。が、同時に幸が石女でないという証《あかし》もどこにもなかった。

どうしても「我が子」を望むのなら、離縁も一案だけど——

惚《ほ》れて一緒になった相手なれば、容易《たやす》く割り切れるものではない。

なんと声をかけたものか迷う咲に、その胸中を読んだかのごとくやるせない顔をして幸は言った。

「赤子のことだけじゃないんです。姉のことはまったくの誤解ですけれど、あの人、女がいたんです」

「えっ？」

「昨年、半年ほど――ううん、もう少し長く……上野の女のところに出入りしていました。私の思い違いだって新助さんは言い張ってましたけど、間違いありません。お女郎じゃなくって、あの人と同い年の後家で、まだ二つ三つの子供がいて……」

神無月に問い詰めたところ、すぐに女とは縁を切ったようだが、幸には大きな裏切りだった。絶縁も覚悟で家を出てきた幸だ。身寄りがいないことにしたのも、新助への思いやりであっただろう。

「……それでも、離縁は迷ってるんだね？」

咲が問うと、幸は躊躇《ためら》いながら小さく頷く。

「あの女の人を思い出すと悲しくて――悔しくてなりません。でも、今思えば新助さんは、ただ知りたかったんじゃないかしら。自分がその、父親になれるのかどうか……あの人きっと、姉から話を聞くずっと前に、前の人が身ごもったのを知っていたんじゃないかと思うんです」

幸に二年近くも懐妊の気配がないところへ前妻の懐妊を知って、己を確かめるべく不義に走ったのではないかというのである。

「お咲さんみたいな人からしたら、莫迦莫迦しい言い分でしょうけど……」

「まあね。そんなので不義を働くなんて勝手が過ぎるよ。でもお幸さんにとっちゃ、家を出るほど一度は惚れ込んだ相手だものね」

「私、勘吉や賢吉を見ていると時々辛《つら》いんです。お路さんや三吉さんが大変な思いをしているのに、羨ましいと思うことも……でももっと辛いのは、あの人の力になれないことです。三吉さんちとは歳も近いし、同じ料理人だし……張り合ったってしょうがない、妬《ねた》み嫉《そね》みはみっともないって、あの人も判っているんです。だからあの人、ずっと平気な振りをしているんです。誰にも――私にもなんにも言わないで」

幸は昨日、麦屋が引けたのちに光心に寄って、新助に母親の様子を見に一度家に帰ることを告げていた。

――そうか。それなら仕方ない――

そう、そっけなく新助は応えたそうだ。

唇を噛み、幸は困った顔をして続けた。

「病が嘘だったことは言わないで、知らない振りして帰るつもりだったけど、姉があの人に会ってたのなら、あの人の方から離縁を切り出すかもしれません。あの人、見栄っ張りで意地っ張りだから、前の人のこと、私には知られたくなかった筈です」

「新助さんは、家に帰ったお幸さんが、お姉さんから前の人のことを聞いてしまうと思って眠れなかったんだね」

「あの、お咲さん……あの人には、私がまた家に戻ったと伝えてもらえませんか？　母の病が心配だからと」

「家に？　だってあんた」

「怖いんです」

咲を遮って幸は言った。

「もしも——もしも今あの人が離縁を口にしたら、私、うっかり頷いてしまいそうで怖いんです」

「怖いのは、新助さんだっておんなじだろうよ」

言ってから咲は小さく溜息をついた。

「今しばらく顔を合わせにくいってのは判らないでもないけどね、本当に家に戻る気じやないんだろう？　どこで夜明かしするんだい？　麦屋の女将のところかい？」

「女将さんには既にご迷惑をおかけしていますから、そこらの安宿でも探します」

「だったら、浅草《あさくさ》に行かないかい？」

「浅草に？」

浅草は三間町《さんげんちょう》にある旅籠《はたご》の立花《たちばな》は、咲の妹・雪の奉公先である。

「そこらの安宿なんて、女一人じゃ危ないよ。立花なら安心だし、もしも部屋がないようならちゃんとした宿を教えてくれるだろう」

「でも……」

躊躇う幸の腹が小さく鳴った。

聞けば朝餉もそこそこに家を飛び出したが、長屋にも麦屋にも帰りづらく、日本橋から神田までさまよいながら茶を数杯飲んだだけだという。

「じゃあ、まずは蕎麦を一緒にどうだい？　松枝町に美味《おい》しい蕎麦屋があるからさ」


張り切って咲は柳川に案内したものの、柳川には暖簾《のれん》がかかっていなかった。

「あれま」

咲がつぶやくと、ちょうど引き戸が開いてまさが出て来た。

睦月に迷子の勘吉を玉池稲荷で見つけて、世話をしてくれた老女である。柳川の給仕のつる――実の名をゆう――も、睦月にやはり玉池稲荷でまさに出会い、今はまさのもとから柳川に通っている。

「あら、お咲さん。今日はお店は早仕舞いしちゃったよ。清蔵《せいぞう》さんが夏風邪で昨日から寝込んでいてね。孝太《こうた》も大分上手《うま》くなったけど、手際が今一つだから、清蔵さんに怒られて八ツには暖簾を下ろしちゃったってのよ」

孝太は清蔵の孫でまだ十三歳の少年だ。つるは清蔵の娘にして孝太の母親なのだが、幼き孝太を捨てて勘当された身であるがゆえに、孝太には母親だと名乗っておらず、暮らしも別にしている。

「おつるさんは孝太に頼み込まれてさ。清蔵さんを看病するのに、昨晩も今日も柳川泊まりになってねぇ」

咲は事情を承知していると、つるから聞いているのだろう。まさは咲を見やって微苦笑を漏らした。

まさの様子からして、清蔵の風邪は大したことはなさそうだ。孝太はつるが母親だと気付いているようだから、看病を「頼み込んだ」のは祖父と母親の仲を取り持とうという他に、己もまた母親と時を過ごしたかったからではなかろうか。

「あんたたち、お腹《なか》が空《す》いてるならうちにおいでよ。お蕎麦はないけど煮物とお漬物があるし、ご飯はあったかいのをすぐ炊いたげるから」

「ありがたいお話ですけど、これから浅草へ行こうかと話しておりまして」

「これから？　こんな刻限に女二人で危なくないかい？　行きはいいけど、帰りがさ」

「妹が浅草の旅籠で奉公していましてね。ちょいと訳があって、この人の宿を頼みに行くところなんです」

「宿を？」

幸を見やってまさが言った。

「宿がいるなら、それこそうちにお泊まりよ」

「えっ？」

「このところずっとおつるさんが一緒だったのに、昨日は急に一人になって寂しくってねぇ。今夜も泊まるっていうから、着替えやら煮物やら、届け物にかこつけて顔を見に来たとこだったんだよ。それに浅草の旅籠なんて、妹さんの口利きがあったたってお高いんじゃないのかい？　うちならお代はいらないよ。訳とやらもなんにも訊《き》かないからさ。寂しん坊の年寄りに、ほんのひとときでいいから情けをかけておくれよ」

おどけた調子だったが「寂しい」というのは本心だろう。宿に泊まるなんてもったいない、何も訊かないからうちに泊まれと、まさはつるにも同じことを言っていた。お幸さんさえよければ一石二鳥なんだけど――

応えに迷った咲の隣りで、幸がおもむろに口を開いた。

「あの、それならお言葉に甘えて……浅草でお部屋が空いているとは限りませんし、それにその、お恥ずかしいことなんですけど、そう贅沢《ぜいたく》できる身でもないので……」

ほっと、まさの顔が喜んだ。

「うんうん、どーんと甘えとくれ」

「すみません、お咲さん」

「ううん。お幸さんがいいならいいんだよ。私もその方が助かるよ。おまささんちの方が、ここからも長屋からも近いもの」

「そうだよ。なんならお咲さんも泊まっておゆきよ」

「いえ、私は」

夕餉ののちは一人で長屋に帰るつもりだったが、そう口にする前に幸が言った。

「あの、もしもよかったら……」

「そうだよ、お咲さん」と、まさ。「見ず知らずの婆《ばば》と二人きりよりも、お友達と一緒の方がお幸さんも心安いよ。その方がご飯もゆっくり食べられるしさ」

幸に頼りにされたのが何やら嬉しかった。

路の具合は気がかりだが、一晩くらい幸に寄り添いたくもある。また、今一人で戻れば皆に幸のことを根掘り葉掘り問われようし、幸と口裏を合わせぬうちに新助と顔を合わせるのも気が重い。さりとて、黙って長屋を留守にしては皆を困らせるだけである。

「泊まりは構わないんですが、長屋には知らせに行かないと……」

「お咲さんちは平永町だったね。それなら長屋の者に遣いを頼んでみるよ」

まさの長屋は柳川と玉池稲荷の間にあって、どちらからもほんの半町ほどだ。

木戸を抜けると、大家を始めとする長屋の者たちにまさは次々と声をかけて回った。

「こちらはお咲さんとお幸さん。おつるさんの代わりに、今日はこの子らが泊まってってくれることになったんだよ。――ああ、典坊《てんぼう》、今日は湯島《ゆしま》泊まりだろう？　ついでに遣いを頼めるかい？」

まさに「典坊」と呼ばれて頷いたのは筋骨たくましい二十二、三歳の男だった。駕籠《かご》舁《か》きゆえに道に詳しく、足も速い上に湯島横町《ゆしまよこちょう》に通っている女がいるそうである。

藤次郎宛《あ》てに言伝を頼むと、咲と幸は夕餉の支度を手伝った。

まさと幸が火をおこして煮物を温める間に、咲は井戸端で米を研ぐ。

「お咲さん、助かったよ」

井戸端でおかみの一人が囁いた。

「私はなんにも。むしろ助かったのはこっちですよ」

「でもほら、睦月の迷子もお咲さんとこの長屋の子で、おつるさんだってお咲さんの知り合いだっていうじゃないのさ。おまささん、久しぶりに一人だったからか、昨晩少しうなされててさ。なんなら今夜は私が泊まり込もうかと思ってたら、こうしてお咲さんとお幸さんが来てくれた」

「言われてみれば、なんだかご縁がありますね」

応えながら、以前つるが言ったことを思い出した。まさには三人の子供がいたが、それぞれ既に死しているらしい。「一人」と言うからには夫ももういないのだろう。

約束通りまさは幸には何も訊《たず》ねなかったが、夕餉の席では勘吉のことを咲に問うて、無事に弟が生まれたことを喜んだ。

「男の子二人か。賑《にぎ》やかになるねぇ……実は私にも息子が三人いてさ」

「三人も？」と、幸。

「うん。でももう、みんな逝《い》ってしまったけれどね」

はっと顔を曇らせた幸に、まさは「昔のことだよ」と微笑んだ。

「お咲さんはおつるさんから聞いたかもしれないけれど、まあ、年寄りの繰り言だと思って聞いておくれよ」

――一人は川に流され、一人は死病にかかり、一人は奉公先で自死されたとか――

そうつるから聞いた通り、次男がまず十五歳で奉公先で首を吊《つ》り、四年後に十一歳だった三男が疫病で、更に五年後に二十六歳だった長男が隅田川《すみだがわ》で死したという。

「長男は舟から落ちた子を助けようとして飛び込んだのさ。川は二、三日前の大雨で水かさが増してってね。子供を捕まえて、なんとか近くの舟まで泳いでって……子供は無事に舟に乗せたんだけど、急な流れに足を取られて今度はあの子が流されちゃって。人助けを厭《いと》わない子だったからさ。子供が助かったのが救いだったよ」

煮物をゆっくり嚙んで飲み込んでから、まさは続けた。

「三男を疫病で亡くした時は悔しかったねぇ。長男とはちょうど十歳離れててね。来年はおとっつぁんや兄貴と一緒に仕事ができるって、張り切ってたのに……でも、一番悔しいのは最初に亡くなった次男かねぇ。夫は植木屋だったんだけど、『じゃあ俺は石工になるから、いつかみんなで一緒に仕事をしよう』って言ってたのにさ。――私は今でも、首吊りは嘘だったと信じているよ」

梁《はり》で首を吊った姿で見つかった次男の身体には、あちこちに痣《あざ》があったという。ゆえにまさの一家は、いき過ぎた親方か兄弟子の折檻《せっかん》が元ではなかったかと、ずっと疑ってきたそうだ。

「あんときゃ、うちの人も長男も怒って、相手方と派手に喧嘩《けんか》したもんさ。けどまあ、今はもう誰もいないしね。ああ、うちだけじゃなくって、あっちも親方に跡取りに兄弟子と、大分疫病で亡くなったんだよ。もしかしたら三男が恨みを晴らしてくれたのかねえ、なんて後からうちでは言ったもんさ。生き残った弟子もいたけれど、みんな四十路《よそじ》になる前に亡くなった。うちの人があの人らより長生きしたのがせめてもの慰めさね」

その夫も昨年の霜月《しもつき》に卒中で急逝した。気を落としたまさが四十九日を迎え、更にしばらく経った睦月に勘吉やつるに玉池稲荷で出会ったのだ。

切ない話だったが、まさの話しぶりはあっけらかんとしていた。

「ああ、そんな顔しなくてもいいんだよ」

咲たちを交互に見やってまさは苦笑した。

「辛気臭い話だけど、そう珍しい話でもないしさ」

「そんな」

幸は小さく首を振ったが、まさの言葉には頷けなくもない。

子供三人が皆逆縁となったことには同情しかないが、けして聞かない話ではなく、疫病の他、火事や水害で、家人の命のみならず、家具やら家やらも合わせて一切合財を失った者の話は江戸では珍しくないからだ。

また、まさの歳からして三男が死したのはおそらく安永《あんえい》二年の疫病で、咲の父親や志郎の親兄弟も同じ疫病で命を落としている。

だからって、悲しいことに変わりはないけど――

己のような若輩者が下手なことは言わぬほうがよかろうと、咲は慰めの言葉を口にするのを躊躇った。

「けど、みんな何かしらあるもんさ」

にっこりとしてまさは言った。

「初めから終わりまでずっと仕合わせな者なんて、そういやしないよ。それに私だって、ずっと不幸だったたってんじゃない。思ったより短かったけど子供たちと一緒に暮らせたし、うちの人とは、ふふ、思ったより大分長く連れ添ったしね。それで帳尻が合うとは思ってないけど、些細《ささい》ないいことならたくさんあったよ」

夕餉ののちは長屋のおかみたちを交えて湯屋へ行った。

今年五十八歳のまさは長屋の古株で、皆の歳に応じて姉のごとく、母のごとく、祖母のごとく慕われているのが伝わってきた。だが長屋の皆とどんなに仲が良くても、「一人」の寂しさが拭《ぬぐ》えない時があるのを独り身の咲は知っている。

すぐ隣りにいる誰かが、ひどく遠くに思える時も――

おかみたちの他愛ない話に当たり障りのない受け応えをしながら、幸はずっと考え込んでいるようだった。

――夜半、咲は昨夜に続いて再び赤子の泣き声で目を覚ました。

否。

赤子の泣き声だと思ったのはどうやら空耳で、澄ませた耳に届いたのは微かなすすり泣きだ。

おまささん――？

昨晩うなされていたというまさを案じて、有明行灯のみの部屋の中を音を立てぬよう窺うと、泣いているのは幸だった。

上がりかまちに座り込み、洟《はな》をすすりながら嗚咽《おえつ》をこらえている。

とっさに抱き締めてやりたくなったが、出過ぎたことかと思い直した。そう歳の離れていない己では力不足のようにも思える。

眠った振りをしながら咲が慰めの言葉に迷っていると、そっとまさが起き上がる気配がした。

「よしよし」

幸の傍らで膝を折ると、まさは幸の肩を抱いた。

「よしよし」

子供をあやすように温かい声でまさが囁く。

「私とお咲さんがついてるからね。好きなだけ泣いて気を晴らすといいよ」

嗚咽がほんの少しだけ高くなった。

幸はしばらく静かに泣き続け、まさはただ黙って幸の肩を抱いていた。

まさの心遣いに感謝しつつ、またかりそめでも「母」の温もりに触れている幸を少しばかり羨ましく思いつつ、咲は眠った振りを貫いた。

翌朝一番に長屋に帰ると、ちょうど新助が井戸端にいた。

こちらを見てはっとした新助に、幸はゆっくりと微笑んだ。

「ただいま戻りました。二日も留守にしてすみません」

「いや……」

昨夜もよく眠れなかったのだろう。新助の目の下には昨日と変わらぬ隈が見られる。

幸の目もまだやや赤く腫《は》れぼったいが、声音も笑顔も晴れやかだ。

じわりと安堵の表情を浮かべて、新助は眩《まぶ》しげに目をこすった。

「帰って来てくれたのか」

「はい」

新助をまっすぐ見つめて、幸もほっとした様子で付け足した。

「母は仮病でしたのでご心配なく。それから、姉のことはどうかうっちゃっといてください。私もそうしますから」

新助は一瞬戸惑ったものの、すぐに小さく頷いた。

やはり井戸端にいたしまや多平が耳を澄ませていたが、お構いなしに幸は問うた。

「朝餉はまだなんでしょう？」

「……ああ。飯は炊いてあるが」

「よかった。一緒に食べたかったんです」

――私、やっぱり帰ります――

それだけしか幸は言わなかったが、まさには伝わったようだった。

――そうかい。肚《はら》をくったのならなるたけ早くお帰りよ。でも、またいつでも遊びにおいで――

朝餉を済ませてしまうと、幸はそれとなく様子を窺っていた長屋の皆に頭を下げた。

「あの、もしも私の姉を名乗る者が来ても、どうか取り合わないでくださいまし。詳しくは今晩きちんとお話ししますから……」

幸と新助が連れ立って仕事に出かけて行くと、しまは興味津々で咲を見やった。

「どういうことかねぇ、お咲さん？」

「さあ？　お幸さんの帰りをお待ちくださいな」

「もう、お咲さんったら！」

恨めしげな目をするしまを促して、一緒に路の様子を見に行った。

「昨日は急に留守にしてすまなかったね」

「ううん……私ばっかりお咲さんを独り占めにはできないわ」

微笑む路の頰は昨日の朝より明るく見える。

「昨晩はゆっくり眠れたみたいだね」

「ええ。賢吉がまた泣いたけど、お福久さんが来てくれたわ。……手を握ってくれて、私が眠るまで小声でずっと子守唄《こもりうた》を歌ってくれたの。それで勘吉も賢吉も、三吉さんまでぐっすりよ」

――福久もまた、大分前に長男とその嫁を相次いで亡くしている。婿にいった次男は健在だが、同じ男兄弟となった勘吉と賢吉に昔を偲《しの》ぶ様子がしばしば見られる。

「おいらもけんきちもぐっすりー」

路の傍で目を細めてはしゃぐ勘吉をしまに任せて、咲は太物屋に向かった。

注文と勘吉の分と、二枚のお包みを作るべく、それぞれの守り袋に合わせた布を仕入れると、寄り道せずにまっすぐ戻って二階に上がる。

一人暮らしには分不相応な二階建ての長屋だが、仕事場である二階に上がると気が引き締まる。

守り袋を見ながら、まずは注文の猿の縫箔から縫い始めた。

意匠は同じでも、お包みに込める祈りは守り袋とはやや違う。外での無事を祈る代わりに、咲は二親の温もりや家の中での安らぎを——何も案ずることなく、ただぐっすりと眠れる夜を願いながら針を進めた。

賢吉のお包みを縫った時は、お包みごと母親に抱かれている太一や雪が思い出されたが、此度はまさの家で過ごした夜がしばしば思い浮かんだ。

声を殺して泣く幸と、幸に寄り添い、静かに抱き締めていたまさの背中——

出会ったばかりで、一夜限りのことだとしても、上がりかまちに並んだ二人は「母」と「子」だった。

まさが「何も訊かない」のは他人への思いやりというよりも、まさが今でも「母親」でありたいからではなかろうか。

だっておっかさんなら、私や太一や雪が泣いていたら、たとえどんな訳があろうと、きっと抱き締めてくれたもの――

⊛

居職の皆とおやつを食べてから、七ツ近くになって咲は勘吉を連れて表へ出た。

皐月《さつき》も十五日となり、夏至を二日過ぎたがまだ日は長い。

柳原に出ると、勘吉はきょろきょろと辺りを見回した。

「みんないないね」

「みんな？　ああ、しろとましろか」

「しゅうじさんも」

「そうだねぇ。だから今日は勘吉が泣かないうちに、さっさと行って帰るからね」

散歩がてら、湯島横町の生薬屋に路の煎じ薬を買いに行くのである。

少しずつだが、あれから路は日に日に色艶《いろつや》がよくなってきて、食欲も乳の出も増してきた。勘吉はもちろん、賢吉も母親の回復を肌で感じ取っているらしく、乳の出がよくなったこともあって寝ても覚めてもよく笑っている。

「おいらなかないよ」

「ほんとかねぇ」

「ほんとだよ」

――幸はあの晩、約束通り、己が今倉屋の娘であることを皆に明かした。

前妻の懐妊や新助の不義には一切触れなかったものの、幸が二度も実方を飛び出したと聞いて長屋の者は――新助も無論――新助と添い遂げようとする幸の決心を汲み取ったようだった。

皆の前で、新助は言葉少なに幸が話すままに任せていた。朝のうちに、仕事に出向く道中で二人は既に話を済ませてあったらしい。二人がどんな話を交わしたのかは知らないが、どちらにも離縁の意はなさそうで咲はひとまずほっとした。

半月前と同じく昌平橋を渡って湯島横町に行き、煎じ薬を買い求めた。

神田明神まで行きたがる勘吉をなだめて、帰りは神田川の北側を行くことにする。

双子の住処《すみか》と思《おぼ》しき稲荷神社は柳の合間の小道を下りて行くために、勘吉を連れて行くのは躊躇われる。

下手に道のりを覚えられて、一人で出かけられちゃ困るもの――

路とも散歩に出かけていた勘吉は、玉池稲荷や神田明神への道のりはもうしっかり覚えているようなのだ。

生薬屋への道中で七ツを聞いていた。

稲荷を訪ねて行きはしないが、そろそろしろとましろが戻る刻限ではないかと対岸に目を凝らしていると、和泉橋を渡る途中で柳原の西側から二つの藍色の影が見えた。

「あっ！」

声を上げて勘吉は数歩駆け出したが、双子に言われたことを思い出したのか、すぐに振り返って咲に手を差し出した。

「おさきさん、はやく！」

「はいはい」

双子もこちらに気付いたようで、和泉橋の南の袂《たもと》で会した。

「やあ、咲」

「やあ、勘吉」

「やあ――しろさんと……ましろさん」

双子を見上げて勘吉は嬉しそうだ。

「みょうじんさまにあいにいったの？」

「ううん、お遣いに行った帰りだよ」

「大事なお遣いがあったんだ」

勘吉の問いに、しろとましろは心持ち胸を張って応えた。

「おいらも——おいらもおつかい。おっかさんのおくすりをかいにいったの」

「お薬？」

「勘吉のおっかさんは病気なの？」

双子は顔を曇らせたが、勘吉は微笑んだ。

「びょうきはね、『だいぶん』よくなったの。ねぇ、おさきさん？　おっかさん、『だいぶん』よくなったんだよね？」

長屋の大人たちが「大分よくなった」と言い合っているのを聞き齧《かじ》っていたらしい。

「ああ、そうさ」と、咲は大きく頷いた。「もう大分よくなった。勘吉と賢吉がいい子にしてるから、じきにすっかりよくなるよ」

「おいらいいこにしてるよ。けんきちも。だっておくるみがあるもん」

勘吉のお包みは注文の物より一回り小さい四巾《よはば》とした。守り袋と揃いの犬張子の刺繍が施されたお包みを勘吉はいたく気に入っていて、お包みを使い始めてからのこの七晩はおねしょも賢吉につられて起きることもなく、三吉が喜んでいる。

「おさきさんがね、おいらにもおくるみをつくってくれたんだよ。まもいくろとおそろいのおくるみなんだ」

腰の守り袋を見せながら勘吉が言うと、双子は羨ましげにつぶやいた。

「いいなぁ、勘吉」

「いいなぁ、お包み」

双子もそれぞれ、母親が作ってくれたという守り袋を腰にしているが、これまでの口ぶりからして――また、あの稲荷神社の大きさからして――二親とは離れて暮らしているようだ。

「おいらたちもねだってみたけど、駄目だって」

「おいらたち、もう大きいから駄目なんだって」

「でもね」

「でもね」

顔を見合わせて、しろとましろは「ふふっ」と笑った。

「でも、おっかさん抱っこしてくれたよ」

「おいらも抱っこしてもらったよ」

「それでね」

「それでね」

「お包みはないけど、おいらたちは二人いるから」

「二人いるから、代わりばんこに抱っこすればいいんだって」

にっこりとして頷き合うと、双子は勘吉の左右で腰をかがめた。

「お包み抱っこ！」

勘吉の右隣りの、おそらくしろが勘吉を横から抱き締めた。

「お包み抱っこ！」

左隣りの、おそらくましろも同じように勘吉を横から抱き締める。

きゃっきゃとくすぐったそうに勘吉が喜ぶのを見て咲が微笑むと、双子は勘吉を放して手招いた。

「咲も」

「咲もかがんで」

「はいはい」

己も一緒になって勘吉を抱き締めてやればいいのかと膝を折ると、しろとましろが左右から今度は咲を抱き締めた。

「お包み抱っこ！」

肩に、背中に、ぎゅうっと回された細腕から、しかとした温もりが伝わってくる。

不覚にも潤んだ目は、双子を真似して首っ玉に抱きついてきた勘吉が隠してくれた。

「おくるみだっこ！」

「もう、あんたたち……」

勘吉を抱き締め返して、咲はしばし何ものにも代えがたい温もりを慈しんだ。


長屋に戻ると、まだ六ツにもならぬのに新助と三吉が帰っていて咲を驚かせた。

「わぁ、おとっつぁん、おかえり！」

「おかえりはそっちだろう」

「ただいまぁ！」

三吉に頭を撫でてもらうと、勘吉は路を求めて離れて行った。

「どうしたんだい、二人とも？」

咲が問うと、三吉が盆《ぼん》の窪《くぼ》に手をやって大きな身体を曲げて応えた。

「はあ、それが二人揃って暇を出されやして」

「なんだって？」

思わず声を高くした咲に、三吉がにやり、新助がくすりと笑った。

「冗談ですや、お咲さん」

「なんだってんだい。もう、人が悪いよ、三吉さん」

「すみません。けど、聞けば新助さんも親方から大目玉を食らったそうで、珍しいこともあるもんでしょう？」

「新助さんも、ってこた、三吉さんも大目玉を食らったのかい？」

「はあ。お路がよくなってきたんで、なんだか気が緩んじまって、ちと、しょうもねぇしくじりを……それで今日はもう帰れと言われちまいやした」

「……新助さんは？」

「俺はその、ふと口が滑って、お幸とのいざこざが親方にばれちまって……やっぱり今日は帰れと言われちまいやした」

が、表向きはどうあれ、三吉には看病や子守で疲れた身体を休ませろ、新助にはこの機に少し嫁を大事にしてやれ――というそれぞれの親方の心遣いと思われる。

「お幸が帰って来たら、松枝町の蕎麦屋に行こうかと……なんでもお咲さんが勧めてくれたそうですね」

「そりゃいいね。お幸さんも喜ぶよ。私は信太しか食べたことがないけど、あすこは天《てん》幸とは十日ほど前にまさのところへ改めて礼を言いに行き、ついでにまさを誘って柳川で三人で信太蕎麦を食べて帰った。

「そのように聞いとります。けど、信太も旨《うま》かったとあいつが言ってたんで、今日は信太と天麩羅と一つずつ頼んで、半分こしようかと」

「うん。そんならお幸さんはもっと喜ぶさ」

照れた笑みを浮かべた新助を置いて、三吉と路の様子を見に行った。

「お路もちっとは食べられるようになったんで、夕餉は俺に任せてくだせぇ」

「そうかい？　ありがとさん。手間が省けて嬉しいよ」

三吉より先に草履を脱いで上がると、入れ替わりに路と話していた勘吉が上がりかまちに駆け寄って来た。

「おとっつぁん、だっこ」

「おう」

だが抱き上げようとした三吉の手から逃れて、勘吉は言った。

「ちがうの！　おとっつぁんがすわるの！」

「うん？　座るのか？」

　よく飲み込めぬまま、上がりかまちに腰かけた三吉の背中へ勘吉が飛びついた。

「おくるみだっこ！」

　三吉の背中は大きく、勘吉の身体ではとても包みきれない。それでも勘吉は精一杯腕を広げてぎゅうと三吉を抱き締めている。

「お包み……？」

　顔は見えぬが、三吉の声が微かに震えた。

「そういう抱っこなんですって」と、路。「お外で覚えてきたみたい」

「そうかい。お外で……」

　つぶやきながら勘吉の腕へ手を重ねた三吉の声は、やはり少し震えていた。

「けんきちがおおきくなったら、けんきちもだっこするんだ」

　三吉から身体を離して勘吉が言った。

「ふたりいるから、かわりばんこにだっこすればいいんだよ」

　しろとましろの言葉を真似て、勘吉は得意げに言った。

「そうか。代わりばんこになぁ」

「おとっつぁんも、たまにはだっこしてあげる」

「そうか。たまにはなぁ……」

ふいにまさの小さな背中が思い出された。

私がおまささんを「抱っこ」してもよかったんだ――

――私が。

誰しもかつては子供で、たとえ「母」になっても、時には母親の温もりを恋しく思うことがあろう。

三人もいた息子たちを皆早くに亡くし、長年連れ添った伴侶《はんりょ》を失ってまだ間もない。

たとえ口ではあっけらかんとしていても。

もうなんでもないことのように笑っていても。

悲しいことに変わりはないと判っていたのに、どうして私は労ってあげられなかったのか……

束の間しんとした家の中で、くぅ、と小さく腹の鳴る音がした。

勘吉がきょとんとして己の腹をじっと見下ろす。

「おとっつぁん、おいら、おなかがすいた」

「うん。すぐに旨いもんを作ってやるからな」

勘吉が歓声を上げ、咲は路と顔を見合わせて笑みを交わした。

第二話　桔梗《ききょう》の邂逅《かいこう》

皐月《さつき》は二十日の昼下がり。

いつもよりやや遅れて、咲《さき》は日本橋の桝田屋《ますだや》へ向かった。平永町《ひらながちょう》からすぐに大通りには出ず、紺屋町《こんやちょう》を抜けて本石町《ほんこくちょう》三丁目の角を西へ折れてまもなく、通りすがりの時の鐘からしろとましろが飛び出して来た。

「わぁ！」

「ばぁ！」

「……なんだってんだい、もう」

息を呑《の》んだ咲が胸を押さえると、双子は「ふふっ」と愉《たの》しげに噴き出した。

「驚いた？」

「咲、驚いた？」

「まあね。あんたたち、こんなところで何してんのさ？」

「咲を待ってた」

「驚かそうと思って待ってた」

そう言って双子はにやにやとする。

「もう！」

形ばかりむくれて見せてから咲は問うた。

「今日はここで遊んでんのかい？」

「遊んでないよ」

「仕事だよ」

「仕事？　人を驚かすのが仕事だってのかい？」

化《ば》け狐《ぎつね》ならそういうこともあろうと、さりげなく咲は問うてみたが、双子は顔を見合わせてから首を振った。

「違うよーだ」

「お遣いに行くんだよーだ」

「おいらたちだって遊んでばかりじゃないんだ」

「遊んでばかりじゃないんだよ」

口々に応《こた》えて得意げに胸を張る。

「またお遣いかい」

遣いに行った帰りだと、五日前に和泉橋《いずみばし》の袂《たもと》で会った時にも二人は言っていた。

「……お遣いってのはなんなんだい？」

探りを入れるべく、再びさりげなく咲が問うと、双子は今度は揃《そろ》ってつんとした。

「秘密」

「秘密」

だが、すぐにまた顔を見合わせ、ひそひそと互いに耳打ちすると、咲を見上げてにっこりとする。

「お遣いに行くと、お駄賃をもらえるんだ」

「お駄賃をもらったら、買い物に行くんだ」

「ふうん……何を買いに行くんだい？」

「考え中」

「まだ考え中」

ふふふ、と笑って、双子は更に交互に続けた。

「美味《おい》しいもの」

「面白いもの」

「楽しいもの」

「綺麗《きれい》なもの」

再び「ふふふ」と笑うと、双子は咲を見上げる。

「咲も日本橋に行くんだろう?」

「日本橋の向こうに行くんだろう?」

「そうだけど――」

「じゃあ行こう」

「一緒に行こう」

二人の行き先も日本橋なのか、しろとましろは咲を挟むようにして歩き出した。

大通りに出て十軒店《じっけんだな》を通り過ぎると、修次《しゅうじ》がいるのではないかと咲は茶屋の松葉屋《まつばや》を見やったが、それらしい姿は見当たらない。

「修次も仕事だよ」

「修次も遊んでばかりじゃないんだ」

「ふうん、見てきたように言うじゃないの」

咲が言うと、二人は咲の背後でひそひそやり合い、両脇《りょうわき》に戻ってから澄まして応える。

「おいらたちはお見通し」

「時々、お見通し」

「時々ねぇ……」

　くすりとしながら咲は相槌《あいづち》を打った。

　一緒に日本橋を渡ってほどなくすると、咲は桝田屋のある万町《よろずちょう》へ向かうために東へ折れたが、双子も迷わずついて来る。

　また深川《ふかがわ》にでも行くのかね——？

　弥生《やよい》に深川まで稲荷《いなり》寿司《ずし》を買いに行った二人を思い出しながら内心首をかしげていると、桝田屋の前で傳七郎《でんしちろう》とばったり会った。

「お咲さんじゃないか」

「どうも、こんにちは」

　美弥《みや》の義父にあたる傳七郎とは、美弥と志郎《しろう》の祝言で顔を合わせたきりである。

　咲が足を止めると、双子は傳七郎にはお構いなしに口々に言った。

「じゃあ、おいらたち行くよ」

「おいらたち、もう行くよ」

「うん。気を付けて行ってお帰り」

「またな、咲」

生意気な口を利いて駆け出した二人を苦笑と共に見送ると、咲は傳七郎に向き直る。

「知り合いの子供らなんですが、どうも口の利き方がなっていなくて……それより、あなたさまは、ええと」

傳七郎は男を一人連れていて、咲はこの者にも見覚えがあった。

「昨年の神無月《かんなづき》でしたかな。日本橋の北の袂で――」

「ああ、そうでした」

桝田屋からの帰り道で、修次と男女の仲だった紺《こん》に絡まれた際、間に入ってくれた男である。

「咲と申します。傳七郎さんのお知り合いだったんですね」

「儂《わし》は善右衛門《ぜんえもん》というもんじゃ。あんたもこの店を贔屓《ひいき》にしとるんかね？」

「善さん、お咲さんは縫箔師《ぬいはくし》だよ」と、傳七郎。

「縫箔師？　この人がかね？」

話しながら暖簾《のれん》をくぐると、美弥が軽く目を見張る。

「いらっしゃいませ。皆さまお揃いで……」

「すぐそこでお咲さんと一緒になってね」

「まあ、奇遇ですこと」

だでな」

「お咲さんが縫箔師だと話したところさ」

「そう聞いて驚いたところさね。仕立屋ならともかく、女の縫箔師がいるとは思わなんだでな」

咲自身も己の他に女の縫箔師を知らない。美弥に促されて、咲は持参した新たな二つの守り袋を善右衛門に披露した。

一つには美弥に頼まれていた猿を、もう一つには女客を狙《ねら》って秋海棠《しゅうかいどう》を縫い取った。

清《しん》国から伝わった秋海棠は、夏から秋にかけて淡紅色の花を咲かせる。うつむいて咲く花は可憐《かれん》で、仏具の瓔珞《ようらく》に似ていることから「瓔珞草《ようらくそう》」とも呼ばれている。

「ほう、すごいもんだな。こりゃどこかで修業したのかね？」

「連雀町《れんじゃくちょう》の親方のもとで十年ほど。今は一人でやっています」

「ふむ。今は一人で、か。道理でしゃんとしとる筈《はず》だ」

そう言って善右衛門はにっこりとした。

「秋海棠もいいが、今日は桔梗《ききょう》の小間物がないかと覗《のぞ》きに来たんだ」

「桔梗ですか……あ、もしや」

何か閃《ひらめ》いたのか、美弥が目を輝かせた。

「お寿《ひさ》から聞いておろう？　善さんはな、先だってうちで三味《しゃみ》のお師匠を見初めてな」

にやにやしながら傳七郎が言った。

「見初めたなんて、大げさじゃよ」

傳七郎の妻にして美弥の義母の寿は、近頃三味線と長唄《ながうた》を習い始めたそうである。どちらも同じ師匠に習っていて、この師匠が先日出稽古《でげいこ》に来ていた折に、善右衛門が傳七郎を訪ねて来て目を留めた。

「桔梗さんという方なんだが、名に合わせてか、櫛《くし》も簪《かんざし》も着物も桔梗柄でな。だからまずは桔梗の小間物でも贈ったらどうかと、善さんを連れて来たんだよ」

修次のことで揉《も》めた紺も三味線を教えていると言っていた。ゆえに、咲はどことなくまだ若い――紺と同じくらいの年頃《としごろ》の女を思い浮かべたのだが、傳七郎曰《いわ》く、桔梗は今年五十一歳の寿より二つ年上の五十三歳とのことだ。また、見た目よりも話し方から傳七郎と同年代かと思った善右衛門は、今年五十八歳の傳七郎より六つ年下の五十二歳で、桔梗よりも一つ年下だった。

善右衛門は銀座町《ぎんざちょう》で両替屋をしていたが、五十路《いそじ》で隠居して深川に移り、今は町の者に算術を教えながら日々を過ごしているという。

「お寿が聞いたところによると、桔梗さんも独り身だそうで、ふふ、そんならちょうどいいと思ってねぇ」

「ちょうどいいなんて、向こうさんにしたら余計なお世話じゃよ。儂はただ、よほど桔梗が好きなんじゃな、と気になっただけで……」

傳七郎の友人として名乗りはしたものの、稽古の邪魔にならぬよう、すぐに退散したらしい。

「それなら贈り物には気が早いんじゃありませんか？」

「うむ。儂もそう言ったんじゃがな……」

「そんな呑気《のんき》なことじゃ、いつまで経《た》っても話が進まん。お咲さん、老いらくの恋というのはな、一刻たりとも無駄にできんのだ。ましてや桔梗さんは人気者だ。贈り物は話の種よ。ここの二人とて贈り物が功を奏したではないか。贈り物一つで話がまとまるならそれに越したことはない」

――二人のことは放《ほう》っておけ――

――男と女はいずれ落ち着くところへ落ち着くから――

以前はそう言っていた傳七郎だが、財布を贈り合おうとしたのを機に美弥と志郎があっさりまとまったのを見て考えを改めたようである。

小さく肩をすくめて、美弥は引き出しを一つ持って来た。

「桔梗の小間物というと、うちには今、この櫛しかないのですけれど……」

黒い蒔絵《まきえ》の飾り櫛で、金に紫の差し色を入れた二輪の桔梗が麗しい。ただ、色合いはともかく形が小振りの月型ゆえに、五十代の女よりも、落ち着きのある二十代三十代の女に似合いそうだ。

「いい細工じゃないか」と、傳七郎。

「細工はいいがね、櫛を贈るのはどうもはばかられるよ」

善右衛門が言うのへ、「そうですよ」と咲は頷《うなず》いた。

櫛は簪と並んで女には重宝されているが、求婚の際にもよく使われる小間物だ。

俗に櫛の「く」は「苦労」、「し」は「死」を思わせるといわれている。ゆえに、縁起を担ぐ者は贈るのも受け取るのも躊躇《ためら》うのだが、求婚の際は「苦労を共にし、死ぬまで添い遂げよう」という想《おも》いを込めて、あえて櫛を贈る男が多いのである。

既に気の置けない仲や花街での贈り物ならまだしも、昨日今日知り合ったばかりの女に気安く櫛を贈り物にするのはいただけない。

「いいじゃないか、一足飛びに妻問うても」

「傳さん、儂は本当にそういうつもりはないんじゃ」

「いやいや、儂の目は誤魔化されぬよ」と、傳七郎はにんまりとした。「桔梗さんを目にした時の善さんのあの慌てよう――それに善さんも贈り物に乗り気だから、ここまでついて来たんだろう？」

「ついて来たんじゃのうて、傅さんに連れて来られたんじゃろうが。まったくこのお人ときたら、自分がうまいことお寿さんという後添いを見つけたもんじゃから……」

苦笑してみせる善右衛門を、取りなすように美弥が微笑《ほほえ》む。

「でも、お義母《かあ》さんから聞きましたよ。桔梗さんがお帰りになった後、善右衛門さんにしては珍しくあれこれ問われたんですってね」

「じゃから、それはあんな風に桔梗尽くしの人は初めて見たからじゃよ。しかも、あの歳《とし》でお弟子さんを何人も取って、立派に暮らしを立てている女の人は珍しいでなぁ。ちょと身の上に興を覚えたんじゃ」

しかし、習い始めとあって、寿も桔梗の身の上を詳しく訊《き》けずにいるらしい。

「話の種にするちょっとした贈り物なら、巾着《きんちゃく》はいかがですか？　刺繡《ししゅう》を小さめにすればほどほどのお値段で、でも洒落《しゃれ》たものが作れますよ」

咲に目配せしながら美弥が言う。

「うむ。それも一案だな。当たり障りのない巾着なら贈る方も贈られる方もそう気負わずに済むだろう。どうだい、善さん？」

「そうじゃな……ここで会ったのも何かの縁じゃ。ここは一つ、お咲さんに頼もうか」

「ありがとうございます」

美弥と声を揃えて頭を下げると、善右衛門たちも揃って微笑んだ。

「ほどほどのお値段で」と美弥は言ったが、善右衛門は巾着に一分を出すという。

一分といえば咲の家賃と同額で、咲にはけして「ほどほど」ではない。

また「当たり障りのない巾着」と傳七郎には言われたが、咲にも職人としての意地がある。善右衛門が言ったように「桔梗尽くし」の身なりならば、巾着とていくつも持っていることだろう。だとしたら、縫箔は小さめにするとしても、布や形、地色、意匠《いしょう》にこだわって、一味違う——簞笥《たんす》の肥やしとならぬような——巾着に仕上げたい。

桝田屋を後にすると、咲はまずは日本橋の南側の小間物屋を見て回り、日本橋を渡って更に北側の小間物屋も覗いてみた。

そろそろ咲き始めとあって、桔梗柄の小間物は思ったよりたくさん出ていたが、意匠はどれもありきたりに見えた。

巾着の案をあれこれ練りながら十軒店が近付くと、行きには見当たらなかった修次が松葉屋から呼んだ。

「お咲さん！」

近付いて行くと、修次は咲を茶に誘った。

「なんなら酒でも」

松葉屋は茶屋だが酒も置いていて、修次はのんびり一人酒を楽しんでいたようだ。

「茶にしておくよ。――あんた、仕事じゃなかったのかい？」

しろとましろが言ったことを思い出しながら咲は問うた。

「ちょうど一仕事終えたばかりさ。びらびら簪だったんだが、秋海棠の花を模してくれっていうちょっと変わった注文だった」

「秋海棠？」

己も秋海棠の守り袋を作ったばかりゆえに、咲は少しばかり声を高くした。

「ああ。なんでも中の女への贈り物にするんだと。秋海棠は『相思草』ともいうらしいな。『断腸花』とも……なんでも清国にはそういう逸話があるとか」

修次が言う通り、秋海棠には「瓔珞草」の他に「相思草」「断腸花」といった別名があり、この二つは清国の逸話に由来している。

その昔、恋に思い悩んだ者が吐いた血――清国でいう「相思血」――が、草花になったというのが「相思草」だ。秋海棠には葉の裏が紅色のものがあるのだが、この紅色は相思血ゆえだというのである。「相思」は日本国では「互いに恋慕うこと」を意味するが、清国では「恋煩い」を意味する言葉でもあるという。

もう一つの逸話も恋がいわれとなっており、さる美女には想い焦がれる男がいたのだが、ゆえあって男が逢瀬《おうせ》に訪れぬまま日々が過ぎ、今日こそは、明日こそはと待ち続けた女の断腸の涙が、女に似た可憐な「断腸花」になったというものである。

「——でも更に一つ、別の逸話も聞いたことがあるよ。南宋《なんそう》国の詩人がある女と祝言を挙げたんだけど、母親がこの女を嫌ってね。男は母親に逆らえず、結句、二人は離縁することになっちまった。別れの際に、女は男に秋海棠を託したそうだ。花の名を訊かれて女は涙しながら『断腸花』だと応えたけれど、男は二人の想いを込めて『相思草』と呼ぼうと言ったってのさ」

「なんだ。じゃあ、きっとそっちだな」

合点したように修次は頷いた。

簪の注文主はおそらく家の者の賛同を得られず、中——吉原《よしわら》——の女の身請けを諦《あきら》めたのではないかというのである。

「詩人の話は聞かなかったから、てっきり客が女に自分の恋煩いを伝えたいのか、はたまた女が男にそれと伝えるためにねだったのかと思ったもんだが、そうか、縁切りの贈り物だったのか……」

「そうとも限らないさ。そのお人は、詩人の話は知らなかったのかもしれないよ。瓔珞は仏さまの飾りでもあるもの。縁切りの贈り物だなんてあんまりだよ」

実は——と、先ほど桝田屋に秋海棠の守り袋を納めて来たことを咲は明かした。

「なんだ。すごい偶然じゃないか。そんなら、簪を納める折にお咲さんの守り袋も勧めておくよ。それにしてもお咲さんは物知りだな。俺《おれ》ぁ、秋海棠の異名どころか、花もとっさに思い出せなかったぜ」

「自慢げに言うことかい」

呆《あき》れて見せたが、満更でもなかった。

花や草木の意匠は咲の得意とするところだ。よって、草花については並の者より造詣《ぞうけい》が深いと自負している。男物の財布や煙草《タバコ》入れも時には作るが、咲の小間物の多くは女物だ。草花の意匠は季節に合わせ、いわれを知ることで、女心をくすぐる売り込み方ができるのである。

ついでに桔梗の巾着の注文を受けたことや、そのいきさつをざっと話すと、修次は興を覚えた様子でにやりとした。

「ふうん、桔梗尽くしの三味のお師匠ねぇ」

「芸者好みとしちゃそそられるかい？」

「そ、そういうんじゃねぇんだが……」

修次も昨年、善右衛門をちらりと見ている。日本橋の袂で紺が咲に絡むのを、物陰からこっそり窺《うかが》っていたからだ。

言葉を濁した修次にやや鼻白んで、咲は桔梗の歳を口にしなかった。

「しかし、そんなら一丁、俺も桝田屋に桔梗の簪でも売り込みに行ってみるか」

「好きにおし」

美弥は喜ぶに違いないが、咲はどうも複雑だ。

修次は錺師《かざりし》、己は縫箔師とまったく違う職人でありながら、小間物を手がけていることに変わりはない。

ましてや小間物屋では修次は引っ張りだこで己は無名のままであるから、何やら競争心が湧《わ》いてきて、咲は早々に松葉屋を後にした。


一度、桔梗さんに会ってみたい――

ああでもない、こうでもないと桔梗の意匠を練って一日を過ごしたのち、咲は思い立って桝田屋へ向かった。

美弥から寿に、出稽古の際に一目でいいから桔梗に会えぬか頼んでもらおうと思ったのである。

「お咲ちゃんの頼みなら、お義母さんきっと聞いてくださるわ」

美弥はその日のうちに寿の了承を得て来てくれて、更に三日後の昼過ぎに、咲は深川の寿の家を訪ねた。

「まあまあ、お咲さん、いらっしゃい」

満面の笑みで迎えた寿は、咲を縫箔師としてではなく、美弥の友人として桔梗に紹介した。善右衛門が桔梗の巾着をあつらえていることは隠しておきたいそうである。

「稽古を一度見てみたいそうなんですが、よろしいですか、お師匠？」

「もちろんですよ」

桔梗の許しを得て、咲は稽古の邪魔にならぬよう座敷の隅に腰を下ろした。

五十路過ぎとあって、顔や首、手には皺《しわ》が見られる。だが、切れ長の目にやや薄い唇、細く白い首や手足に加えて、芸者らしい凛《りん》とした姿勢が美しい女であった。

寿もきりっとした顔立ちで背筋がぴんと伸びているから、二人が向かい合って稽古に励む様は若々しく清々《すがすが》しい。

桔梗は今日も桔梗尽くしだ。

着物に花柄は見られないが、淡い桔梗鼠《ききようねず》色の単衣《ひとえ》に練《ねり》色の帯を合わせてある。柘植《つげ》の櫛には桔梗の透かし彫りが入っていて涼やかで、桔梗の上絵が描かれた巾着も地色が鶸《ひわ》色で夏らしい。三味線もあつらえ物らしく、甲に桔梗が彫り込まれている。

習い始めだけに寿の三味線は今一つだったが、唄の方はのびやかで耳に楽しかった。

「三味でも唄でも、始めたくなった折にはいつでもお声がけくださいまし」

挨拶《あいさつ》では気付かなかったが、桔梗の言葉には微《かす》かに上方訛《かみがたなま》りがあった。

寿は桔梗を茶に誘ったが、「今日は他にも稽古がありまして」と断られてしまった。

二人して桔梗を玄関先まで見送ると、茶を淹《い》れながら寿が言った。

「残念だわ。ゆっくりお話ししたかったのに」

「お忙しいようですね」

「そうなのよ。出稽古もあまり引き受けていらっしゃらないようなのだけど、家にこもってばかりも嫌なんですって。深川がお好きだとも仰《おつしや》ってたわ。桔梗さんは大坂の出で、昔、深川みたいに堀の多いところに住んでいらしたみたい」

「やはり上方の人でしたか」

「そうなの。だから善右衛門さんにぴったりだと思うのよ」

聞けば善右衛門も実は大坂の出だという。

「善右衛門さんも……こちらはちっとも気付きませんでした」

「江戸に出てきて長いから、もう上方言葉は忘れてしまったってよく言ってるわ。大坂では大分苦労されたみたいだから、これまで上方のことにはあまり触れないようにしてきたのだけれど、桔梗さんに興を示したのは上方訛りに気付いたからじゃないかしら。もう五十路過ぎだもの。昔はどうあれ、少しは生まれ故郷を懐かしんでもおかしくないわ。それは桔梗さんだって同じだと思うのよ。――ねぇ、お咲さん、なんとか二人をくっつけられないかしら？」

「そうは仰いましても……」と、咲は苦笑した。

美弥と志郎には七年という年月があった。

毎日顔を合わせて、互いの人となりを知った上で想いを育《はぐく》んできたからこそ、きっかけ一つであれよあれよとまとまったのだ。

「対して、善右衛門さんと桔梗さんは顔を合わせたばかり――しかもまだ一度だけでしょう？　此度《こたび》はそう容易《たやす》く進みませんよ」

「そうよねぇ……」

寿はしゅんとしたが、ほんの一瞬だ。

「でも、善右衛門さんの一目惚《ひとめぼ》れは間違いないわ。なんでもないように装ってましたけど、私の目は誤魔化せませんよ」

傳七郎と同じようなことを言って寿は勢い込んだ。

「善右衛門さんはそれなりに女遊びはしてきたそうだけど、身を固めたことは一度もないの。うちの人が言うには、あんな風に女の人のことを問うてきたのは初めてだそうよ。善右衛門さんには散々お世話になってきたから、なんとか力になりたいのよ、私も、うちの人も」

「お寿さんや傳七郎さんのお見立ては信じますけれど、お相手の——桔梗さんのお気持ちはどうなんですか？」

「それがねぇ……」

寿は再びしゅんとして溜息《ためいき》をついた。

「桔梗さんはどうもその昔、二世《にせ》を契った人がいたらしいのよ」

寿は行きつけの菓子屋の若おかみを介して、桔梗と師弟になったそうである。桔梗に遠慮している分、寿はこの若おかみに桔梗のあれこれを訊《たず》ねたらしい。

「といっても、大したことは判《わか》らなかったわ。男の人の話もその人が直《じか》に聞いたんじゃなくて、他のお弟子さんからそれらしい話を伝え聞いただけだと言うの。なんでも桔梗さんには大層大事にしている櫛があって、おそらく昔、上方で言い交わした男の人からの贈り物なんじゃないかと……」

また、桔梗には通いの弟子が何人もいて、お座敷での仕事の他に稽古もあるから稼ぎは充分あるようだ。

それじゃあおそらく望みは薄い――

心に秘めた男がいて、暮らしにも困っていないなら、桔梗のような女がそこらの男になびくとは思い難い。

「……傳七郎さんのお話では、桔梗さんは『人気者』だとか」

「そうなのよ。あの通り、まだお綺麗でしっかりした方でしょう。これも伝え聞いただけなんだけど、言い寄ってる男の人が何人かいるそうなのよ。茶飲み友達になろうだの、後妻にきてくれだのという人が……だから早く善右衛門さんとくっつけたいのよ」

「善右衛門さんは、その、算術の他に何か技芸か道楽をお持ちで？」

「うーん、あの方はずっと商売に励んでいらしたから……お店が大きくなって、銀座町に移ってからはうちの人ともよく遊ぶようになったけど、それまでは道楽どころじゃなかったと思うのよ」

二十代半ばで江戸に出てきた善右衛門は、跡継ぎがいなかった両替屋から両替株を譲り受け、銭両替屋となったそうである。大名や豪商を主な客とする本両替屋と違い、銭両替屋は小商いや町の者が相手の両替屋だ。身代は本両替屋に敵《かな》わぬものの、善右衛門の店は徐々に大きくなって、四十代には本両替屋が立ち並ぶ銀座町に店を構えるまでになった。

善右衛門は身なりがよく、物腰も柔らかく、歳より若く見えるものの、背丈は桔梗とそう変わらぬし、顔かたちはまあ並である。一代で大店《おおだな》と一財産を築いた善右衛門の手腕には感心するが、金だけでは桔梗は落とせまい――否、落ちて欲しくない。

職は違えど、善右衛門が言うように「立派に暮らしを立てている女の人」なれば、どことなく己の未来と重ね合わせてしまい、つまらぬ男と身を固めるよりも我道を貫いて欲しいと思うのだ。

善右衛門さんが悪いってんじゃないんだけど――

「では、善右衛門さんも桔梗さんから三味か長唄を習うというのはどうでしょう?」

「私もそう勧めてみたのだけれど、そんな上っ面の弟子入りは礼を欠くからと、まったく乗り気じゃなかったわ。それに桔梗さんも男のお弟子さんは取らないそうよ。下心ありきの男どもはごめんなんでしょう。困ったものよ」

悩ましげに寿はこぼしたが、咲は善右衛門をますます好ましく思った。

「だからお咲さん、あなたの巾着が頼りなのよ。善右衛門さんには、あくまでうちの娘の店で見つけた物として、さりげなく渡すように言っておいたわ。下心は見抜かれてしまうでしょうけど、それは仕方ないことよ。けれども贈り物には人柄が出るものでしょう？　あの桔梗さんが贈り主の善右衛門さんにも興を覚えるような、小粋《こいき》で、それでいてけして押し付けがましくない巾着を作ってちょうだいな」

「難しいことを仰いますね」

苦笑と共に咲は応えた。

「ですが、私も是非、桔梗さんの御眼鏡《おめがね》に適《かな》う物を作りとうございます。お急ぎでしょうが、少々日をいただけますか？」

「ええ。頼りにしているわ、お咲さん」

稲荷寿司を土産《みやげ》にしようと、咲は塗箱を持参していた。

しろとましろと訪ねた富岡八幡宮《とみがおかはちまんぐう》の近くの屋台の稲荷寿司が大層美味で、長屋の皆にも好評だったからだ。

「じゃあ、私も日本橋までご一緒するわ」

美弥と志郎の好物でもあるゆえ、寿も桝田屋まで届けに行くというのである。

話を聞きつけた傳七郎が言った。

「お咲さん、稲荷寿司なら、浮世《うきよ》小路《しようじ》の先の『山川屋《やまかわや》』も旨《うま》いですぞ」

「あら、初耳よ」と、寿。

「儂も先日知ったばかりの店だ。厚揚げも旨かったでな。また行くことがあったら土産にしよう」

「約束ですよ」

「うむ」

二人の微笑ましいやり取りを聞いてから、寿とまず稲荷寿司屋に向かった。

それぞれの塗箱に稲荷寿司を詰めてもらうと、美弥と志郎の話をしながら桝田屋へ寄り、志郎をよそにしばし女三人でおしゃべりしてから桝田屋を後にした。

大通りをゆっくり行くうちに七ツを聞いたが、まっすぐ長屋へは戻らずに、咲は柳原《やなぎわら》に出た。遠回りになるが、例の稲荷神社まで行ってみて、しろとましろがいたら稲荷寿司を分けてやろうと思ったのである。

あいにくしろとましろは見かけなかったが、稲荷には修次の姿があった。

「なんだ、修次さんだけか」

「その言いようはあんまりじゃねぇか、お咲さん」

頬《ほお》を掻《か》きながら修次は苦笑した。

「でもあんただって、しろとましろに会えないかと思って来たんだろう？」

「いや、俺はお咲さんに会えねぇかと思って来たから、どんぴしゃさ」

思わせぶりな台詞《せりふ》だが、咲は修次が己と同じく常から散歩がてらに稲荷を訪ねているのを知っている。

「よく言うよ。私に用があるなら長屋に来りゃ済む話じゃないか」

「うん。ここにいなけりゃ帰りがけに長屋に寄ろうと思ってたんだが、ここでたまたま会う方がそれらしくていいじゃあねぇか」

それらしい、ってなんなのさ――

そう思ったものの口には出さず、咲は抱えていた塗箱の包みを置いて、財布から一文銭を三枚取り出した。

一枚を賽銭箱《さいせんばこ》に入れ、残りの二文を一文ずつ左右の神狐《しんこ》の足元に置くと、いつも通りに手を合わせる。

みんなが達者で暮らせますように――

これまたいつもと変わらぬ願いごとだが、傍らの修次が気になって、咲は早々に両手を下ろした。

「――それで、一体なんの用だったんだい？」

振り返って問うた咲に、修次はにっこりとした。

「川開きに一緒に行かねぇかと思ってよ」

四日後の二十八日は大川《おおかわ》――隅田川――の川開きである。

花見のごとく、川岸は花火目当ての人々で埋まり、屋形船が川面《かわも》を行き交い、両国広《りようごくひろ》小路《こうじ》にはいつにも増して出店が立ち並ぶ。

期待の眼差《まなざ》しを向ける修次に、少しばかりどぎまぎしながら咲は応えた。

「川開きは、長屋のみんなと行くことになってるんだよ」

「なんだ」

眉尻《まゆじり》を下げてあからさまにがっかりする様に、咲は思わずくすりとした。

「お路《みち》さん――勘吉《かんきち》のおっかさんはまだ本調子じゃないから、勘吉のお守りもしなきゃならないしね。けど、修次さんとこの長屋だって、誰《だれ》かしら連れ立って行くんじゃないのかい？」

「そら行くさ。けど、俺ぁお咲さんと行きたかったんだ」

「ふふ。子守としてなら、みんなに話してみてもいいよ」

「ちぇっ。勘吉の相手もたまにはいいが、川開きではごめんだぜ」

からかい交じりの咲にわざとらしく舌打ちしてから、修次も財布を取り出した。

「先にお布施をしておくべきだったか……」

ぶつぶつ言いながら、神狐の足元に修次は四文銭を一枚ずつ置く。

「太っ腹だねぇ。あの子ら、きっと喜ぶよ。近頃、あの子らは何やらお遣いに励んでいるようだもの」

「そういやそんなこと言ってたっけ。なんの遣いかは教えちゃくれなかったが、駄賃がもらえると張り切ってたな。どうせ信太《しのだ》かお稲荷さんを買いに行くんだろうが……」

「そうとも限らないよ」

双子のやり取りを思い出しながら咲は微笑んだ。

「美味しいもの、面白いもの、楽しいもの、綺麗なもの……なんだかあれこれ考えてるみたいだったよ」

「ふうん」

顎《あご》に手をやって相槌を打つと、修次は懲りずに咲を誘った。

「なぁ、夕餉《ゆうげ》にはちと早ぇ《はえ》が柳川《やながわ》に行かねぇか？　なんだか、その、信太が食べたくなってきたからよ」

今宵はみんなで稲荷寿司を食べようと思ってたけど――

再び期待の眼差しを向けられて、咲は塗箱の包みを抱え直した。

「じゃあ、長屋に荷物を置いてから追っかけるから、修次さんは先に行ってておくれ」

「合点だ」

目を細めると、修次は左右の神狐を交互に撫《な》でた。

「よしよし、お前たち。早速のご利益をありがとうよ」

「莫迦莫迦《ばかばか》しい」

口では呆れて見せたものの、修次と出会ったきっかけはしろとましろであり、顔を合わせるのも双子が一緒の時が多い。

また、柳川行きはけして同情心からではなかった。

さりとて恋心とはとてもいえない。

色男なのは認めるし、男として惹《ひ》かれぬこともないものの、今の咲にはやはり「職人仲間」がしっくりとくる。

町の者に「玄人ばかりのとうしろ長屋」と言われるように、藤次郎《とうじろう》長屋には算盤師《そろばんし》の大家を始め、足袋《たび》職人、料理人、左官、紺屋《こんや》、石工、大工、瓦師《かわらし》と職人が揃っているのだが、小間物を手がけている者はおらず、歳も離れている者が多い。修次という腕の良い職人に出会えたことに関しては、咲もしろとましろに感謝していた。

由蔵《よしぞう》に土産の稲荷寿司を言付けると、深川帰りにもかかわらず、咲はどことなく弾んだ足取りで柳川に向かった。


川開きの日、咲たち居職《いじょく》組は皆昼過ぎまで仕事に励み、八ツ過ぎに長屋を出た。

福久《ふく》と路と賢吉《けんきち》は留守番で、新助《しんすけ》と三吉《さんきち》は二人とも花見に休んだ代わりに、川開きはそれぞれ仕事である。客足は少ないだろうが、花見弁当ならぬ花火弁当の注文がある上に人手が足りないため、いつもと変わらず忙しいらしい。石工の五郎《ごろう》と瓦師の多平《たへい》、左官《さかん》の平八《へいはち》と平九郎《へいくろう》は後から来るが、大工の辰治《たつじ》と福久の夫にして紺屋の保《たもつ》は仕事仲間と集うことになっている。

両国広小路の南側、米沢町《よねざわちょう》三丁目には藤次郎の幼馴染《おさななじ》みが営む居酒屋・春駒《はるこま》があり、川開きには長屋のために縁台を二つ空けておいてくれる。やや奥まったところにあるがゆえに花火は七割ほどしか見えないが、人混みを考えれば座って飲み食いできるだけでもありがたい。

両国広小路の手前で藤次郎と由蔵に先に行ってもらい、咲としまは勘吉を連れてしばし出店や見世物を見て回った。

咲たちが春駒に着くと、多平と五郎はもう来ていて藤次郎たちと飲み始めていた。二人とも早めに仕事を切り上げてきたようだ。

七ツを過ぎて現れた幸《さち》を、咲は広小路の出店に誘った。

「留守番の二人にお土産を買いたいからさ。さっきはそれどころじゃなかったからね」

縁台で眠っている勘吉を見ながら咲は言った。「かわびらき」だの「はなび」だの朝からはしゃいでいて、昼寝をしていなかったのだ。

ほんの半刻《はんとき》余りの間に広小路は人混みが増していた。出店を見て回るのも一苦労だが、これはこれで催事の醍醐味《だいごみ》である。

幸としばらくあれでもない、これでもないと出店を渡り歩き、結句、上方名物だという岩おこしを土産に買った。生姜《しょうが》と胡麻《ごま》が混ざった板状のおこしで、浅草《あさくさ》で売っている同じ米のおこしより目が細かくてずっと硬い。

「新助さん、お菓子はあんまり食べないけれど、生姜も下りものも好きだからこれは喜んでもらえそう」

「縁起物だとも言っときなよ。『身を起こし、家を起こし、国を起こす』ってさ」

岩おこし売りの口上を思い出しながら咲は言った。

豊臣秀吉《とよとみひでよし》の築城により繁栄した大坂では、縁起物として人気の菓子だという。大坂では運河が作られた際に出てきたたくさんの大きな岩にかけて、「大坂の掘り起こし、岩起こし」という駄洒落《だじゃれ》が流行《はや》り、この駄洒落と菓子の硬さが「岩おこし」という名前の由来になったそうである。

「ふふ、早くお店が持てるといいのだけれど……でもこのおこし、お福久さんには硬過ぎやしないかしら？」

「割って飴《あめ》のように食べれば平気だよ。お福久さんは生姜も胡麻も好きだもの。ああでも、かぶりつく前にちゃんと言っておかないとね」

「ええ」

頷く幸は前より明るい顔をしていて、とっつきやすくなったように思える。

――と、「お咲さん」と、出し抜けに修次の声がした。

「やあ、この人混みでも見つかるたぁ、奇遇だな」

「修次さん……ああ、こっちは長屋のお幸さん。お幸さん、この人は錺師の」

「修次さんですね。噂《うわさ》はお聞きしております」

茶屋で働く幸は修次と顔を合わせたことはない筈だったが、皆から話は聞いているらしい。

咲は修次と声を合わせたが、幸は小さく手を振って微笑んだ。

「あ、いえ……私、先にみんなのところへ行ってますね。どうぞお二人でごゆっくり」

「そんな気を遣うこたないんだよ」

「でもほら、もうお土産も買いましたし……」

そう言って、幸はそそくさと人混みにまぎれて春駒の方へ行ってしまった。

「もう」

「はは、余計な気を遣わせちまったな」

「まったくだよ。あんた、一人で出て来たのかい?」

「ああ。お咲さんに振られちまったからな」

恨めしげな顔をしたのも一瞬で、修次はすぐに口角を上げた。

「けど、捨てる神あれば拾う神ありだ。仲間が屋形船に誘ってくれてよ」

「なんだ。じゃあ、早く仲間のところへおゆきよ」

「つれねぇなぁ。船には六ツまでに行けばいいんだよ」

苦笑を漏らした修次がはっとして、咲の後ろを指差した。

振り向くと、十間ほど先の出店の前に、藍染《あい》の着物が二つ見え隠れしている。

「噂?」

「お咲さん」

囁《ささや》き声になって修次は唇の前に人差し指を立てて見せた。

「ちょいと驚かしてやろうぜ？」

遊び心が疼《うず》いて咲も頷くと、修次と一緒にそろりと背後からしろとましろに近付く。

二人が覗いていたのは面売りで、あろうことか、それぞれ狐面を手に取りしげしげと眺めている様が咲には可笑《おか》しい。思わず顔を見合わせた修次と笑みを交わすと、咲たちは驚かす代わりに黙って双子を見守った。

双子は面売りの前を離れると、金魚屋、蛍売りと覗いて回り、扇屋の前でも足を止めた。扇屋が左右の手に持った扇子を勢いよく開いて、くるくると手妻師《てづまし》のごとく回すのを他の客と共に見入ると、二人はひそひそと耳打ちし合ったのち小さく首を振る。

「一つしか買えないね」

「二つには足りないよ」

どうやら小遣いが足りないようだ。

双子は隣りの団扇屋《うちわや》でも足を止めたが、扇子ほど興をそそられなかったらしい。

紙で作った蝶《ちょう》を細く削った竹糸で管につけ、蝶が飛んだり止まったりして見えるような玩具《がんぐ》の蝶々売りと、上から下へと連なる板が返って違う絵柄が現れる板返し売りの前でもしばし悩んでいたが買い求めるには至らず、だがやがて通りかかった飴細工屋の前からはなかなか離れなかった。

飴細工師が、ぷぅと膨らませた飴をさっと手でひねって鳥やら瓢箪《ひょうたん》やらの細工に変えていくのは大人の目にも見応えがある。

「美味しいもの」

「面白いもの」

「楽しいもの」

「綺麗なもの」

口々につぶやくと、しろとましろは飴細工師に問うた。

「この鳥の飴はおいくら？」

「こっちの鳥は、おいくら？」

形は少し違うが二人とも鳥の形をした飴が欲しいようだ。

「どっちも二十四文だが、二つ買ってくれんなら合わせて四十文に負けとくぜ」

遣いで駄賃をもらっただろうが、四十文も持っているだろうかと咲は少々はらはらした。だが双子は守り袋からそれぞれ金を出すと、顔を突き合わせて数えたのちに飴細工師に差し出した。

「飴ください」

「鳥の飴ください」

「まいどあり！」

ほっとして修次を見やると、修次は照れ臭そうに懐に入れていた手を出した。もしもの時は足りない分を出してやろうとしていたらしい。咲も考えないでもなかったが、なんとなく先を越された気がして、気持ちとは裏腹につぶやいた。

「そんなに甘やかすこたないよ」

「けど、年に一度の川開きだぜ」

双子はすぐには飴にかぶりつかず、飴細工の棒をくるりくるりと回して、鳥を陽《ひ》に透かしながら歩いて行く。

「じゃあ、私はそろそろみんなのもとへ戻るよ」

「ああ、俺ももう行かないとな」

修次が頷いた途端、しろとましろの声がした。

「なんだよぅ！」

「何するんだよぅ！」

振り向くと、二人は五十代と思しきでっぷりとした男を睨《にら》みつけている。

「人様にぶつかっといて、なんだようとはご挨拶やな。はよ、謝りや」

「謝らないよーだ」

「よーだ」

「なんやて？」

むっとして男は上方言葉で問い返す。

「だって、おいらたちぶつかってないもん」

「そっちがぶつかってきたんじゃないか」

「飴が壊れたらどうすんのさ」

「買ったばかりの飴なんだぞ」

「この酔っ払い！」

「この呑んだくれ！」

矢継ぎ早に双子が言うと、ほんのりと赤かった男の顔が真っ赤になった。

「なんやと、おい！」

しろとましろへ男は両手を伸ばしたが、双子はひょいと難なく逃れる。

よろめいた男の手が、近くにいた若い女の腕を代わりにつかんだ。

「嫌っ！」

手を振りほどこうと女が身をよじるのへ、男は腕をつかんだままにたりとした。

「もったいぶるほどの玉かいな」

「離してください」

「江戸の女は気ぃ強いなぁ」

にたにたしながら男は手を放そうとしない。

腹を立てた咲が駆けつけるより早く、女の後ろから桔梗が現れた。

「ええ加減にしぃ」

大声ではないのによく通る声で言って、桔梗は男を女から引き離した。


「うちの弟子に気安う触らんといてや。見とったで。あんたが勝手に、あの子らにぶつかったんやないの」

弟子の女を背に庇《かば》い、毅然《きぜん》として桔梗は言った。

「なんや、あんたは……」

驚き顔で男は桔梗をしげしげ見つめたが、再びにたりと下卑た笑いを浮かべた。

「その櫛、覚えてんで。あんた、桔梗やろう？　新町《しんまち》におった……もう三十年も前になるかいなぁ。どこぞのぼんぼんに身請けされたと聞いた気がするが、まさか江戸におったとは……弟子ってなんや？　あっちの手練手管《てれんてくだ》でも教えとるんか？」

新町は大坂の遊郭で、江戸の吉原、京の島原《しまばら》と並ぶ三大遊郭の一つである。

新町、と聞いて桔梗が一瞬怯《ひる》んだ隙《すき》に、男は桔梗の櫛を髷《まげ》から引き抜いた。

「返して！」

桔梗は短く叫んだが、男は意に介さず手を上げて櫛をひらひらさせる。

「女郎上がりがなんや言うとるでぇ」

「なんや？」

「どうしました？」

男には連れがいたようで、追って二人の男がやって来た。一人は男より十歳ほど若い四十代、もう一人は二十代半ばくらいの若者だ。

「この婆《ばば》ぁはな、新町の桔梗ちゅう女郎で、わいの仲間の馴染みだったんや」

「新町の……」

「この婆ぁがですか」

にやにやする男たちを睨みつけ、咲は男の前に立ちはだかった。

「あんただって爺《じじ》ぃじゃないか。嫌だねぇ、その歳で礼儀を知らないなんて。しかも女一人に男が三人――みっともないったらありゃしない」

「せや！」

咲とは反対側から駆けつけ、怒鳴りつけたのはなんと善右衛門だ。

「ええ歳して、往来でけったいないちゃもんはやめなはれ」

上方言葉で善右衛門も男と相対した。

「なんもけったいなことあらへん。見覚えがある言うただけや。この婆ぁはその昔、新町にいた女郎に間違いあらへん」

「それがどないした？　昔は昔や」

「なんや爺ぃ、ごっつ庇うやんけ」と、若者が口を挟んだ。「もしかして、自分もこの婆ぁの馴染みやったんか？」

「戯言《たわごと》もええ加減にせえ！」

「ええ加減にするんはそっちや！　どたまかち割ったろかい、この爺ぃ！」

若者が善右衛門に怒鳴り返す間に、修次が男の後ろに回ってさっと櫛を取り上げた。

「何すんのや！　なんやお前は！」

「そっちのお人の助《すけ》っ人《と》さ」

桔梗に櫛を返しながら、飄々《ひょうひょう》として修次は応えた。

「花のお江戸の川開きだぜ。つまらねぇ上方連中をのさばらしちゃおけねぇや」

「おう！」

「そうだそうだ！」

修次に呼応するごとく、数人の男たちが前に出た。

俗に「火事と喧嘩《けんか》は江戸の華」といわれるように、江戸者は気が早く、短いゆえに威勢のよい派手な喧嘩がよく見られる。また、京や大坂の「下りもの」をありがたがる者がいる一方で、「上方」に負けじとする者も少なくなかった。

「女子供をいじめやがって」

「姐《あね》さんたちはどうか下がっててくだせぇ」

「おう、どうした？　やるのか、やらねぇのか？」

背丈はあるが色白の優男の修次と違い、筋骨逞《たくま》しい、いかにも血の気の多そうな男たちである。若者はともかく、年嵩《としかさ》の男二人がたじたじとなったところへ番人と思《おぼ》しき者がやって来た。

「こらこら、喧嘩はいかんぞ！」

喧嘩が不発に終わって見物客からはいくつか舌打ちが漏れたものの、これ以上余計な騒ぎにならずに咲は胸を撫で下ろした。

「なんや酔いが覚めてもうた」

「そやそや、あっちで飲み直しまひょ」

ぶつぶつ言いながら上方の男たちが去ってしまうと、桔梗が深々と頭を下げた。

「皆さま、ありがとうございます」

「ありがとうございます」

桔梗の後ろから、腕をつかまれた女も桔梗に倣った。

「お師匠さんを助けてくだすって……」

助っ人の男たちと見物客も散り散りになると、桔梗はまず善右衛門に声をかけた。

「善右衛門さんでしたね？　お寿さんのおうちでお目にかかった……もしやと思うとりましたが、上方のお人やったんですね？」

善右衛門を見つめて桔梗は問うた。

「ええ、まあ……」

「うちが新町におったのはほんまのことです」

躊躇いもなく、桔梗はきっぱり言った。

「あの男が言うたように、もう三十年も前の話になります。昔は昔——そう言うてくだすって、なんや嬉《うれ》しゅうございました。今は……いいえ、もうずっとまっとうに暮らしてきたんです。大坂でも、江戸でも」

「……そうでしたか。それならよかった」

照れ臭いのか、上方言葉を引っ込めて善右衛門は応えた。

「今日のこの櫛は、昔から使《つこ》てる大事な験担ぎの櫛なんです」

手のひらに乗せた櫛に愛《いと》おしげに触れて、桔梗は善右衛門に微笑んだ。

「ここ一番ちゅうお座敷はこの櫛やないとあかんのです。せやさかい、取られた時は冷や冷やしました。割れたり欠けたりしたらどないしょうかと——取り返してくだすってどうもおおきに」

「いや、儂は何も。櫛を取り返したのはこちらの若いのじゃ」

「錺師の修次と申しやす」

にこやかに名乗って修次は続けた。

「三味のお師匠の桔梗さんですね。お咲さんから話を聞いとります」

「あら、お咲さんのお知り合い？」

「うん？」と、善右衛門が首を傾《かし》げた。「桔梗さんもお咲さんをご存じで？」

「ええ、お寿さんのところでお目にかかりました」

「さようか。それに修次さんといえば……」

紺とのいきさつを思い出したのか、善右衛門はちらりと咲を見やって言葉を濁した。

「人を待たせとるでな。兎《と》にも角《かく》にも大ごとにならんでよかった」

「ありがとうございました」

今一度礼を言って、桔梗はじっと善右衛門が遠ざかるのを見送った。

戯言だと善右衛門さんは言ったけど――

もしかしたら善右衛門は桔梗の客だったのかもしれない、と咲は思った。

桔梗はかつて新町で春をひさぐ女郎だった。

上方を離れて長いとはいえ、桔梗を覚えていたからこそ、善右衛門はその身の上が気にかかっているのではなかろうか。

また桔梗もどことなく、善右衛門に覚えがあるように見受けられた。

「助け舟は嬉しかったけど、お咲さん、無茶はほどほどになさってね」

こちらも上方言葉を引っ込めて桔梗が言った。

「はあ、あの、大事がなくて何よりでした」

「私たちもそろそろゆかねばなりません。今宵はこの子と船のお座敷を頼まれているのです。お咲さんは修次さんとごゆっくり」

「あ、いえ」

「お咲さんは今日は長屋のみんなと一緒でしてね。先ほど偶然会っただけなんです」

咲の代わりに修次が応えた。

「俺も今宵は仲間に船に誘われてんですが、桔梗さんたちはどちらの船に？　なんなら船着場までご一緒さしてくださぃ」

「あら……」と、嬉しげな顔になったのは弟子の女で、おそらく咲よりも幾分若い。やっぱり芸者が好みなのかと、内心鼻白みながら咲は三人に暇《いとま》を告げた。

「じゃ、私はこれで」

しろとましろはとっくに姿を消している。

長屋の皆が待つ春駒の方へ足を向けたのも束《つか》の間《ま》、修次が追って来て耳元で囁いた。

「お咲さん、明日、七ツに松葉屋で」

「なんだってんだい――」

咲が振り向いた時には修次は既に踵《きびす》を返していた。

桔梗たちの方へ駆け戻る修次の後ろ姿を見つめて、咲は再びつぶやいた。

「なんだってのさ、もう」

翌日。

十軒店の店を覗いて回り、七ツの鐘が鳴ってから咲は松葉屋へ足を向けた。

修次はいつもの表の縁台にいて、咲を認めると猪口《ちよこ》を掲げて見せた。

「どうだい、一杯？」

「じゃ、一杯だけもらおうかね」

二つあった猪口の一つを取り上げると、酌をしてもらって咲は修次の言葉を待った。

「桔梗さんのことだけどよ」

「うん」

「あれから船に乗るまでに、あれこれ話を聞いたのさ」

「ふうん」

「ああもはっきり人前で言ったのは初めてだそうだが、花街にいたことはお弟子さんらは薄々勘付いていたみてぇだ」

弟子の女も桔梗が江戸にきてからの暮らししか知らなかったため、いつになく多弁に過去を語る桔梗に驚いていたそうである。

やはり桔梗さんは善右衛門さんを知っている……

桔梗が過去を打ち明けたのは、修次の人柄もあろうが、善右衛門との邂逅《かいこう》がそうさせたのではなかろうか。

「桔梗さんの親父《おやじ》さんは時計師で、大坂で時計屋——その名も『時屋《ときや》』って店を営んでいたんだが、なんやかや行き詰まって、桔梗さんは十四で新町に売られたってんだ。でもって二十歳《はたち》の時にそこそこの旦那《だんな》に身請けされて、妾《めかけ》としてしばらく仕合わせに暮らしたんだが、三十路《みそじ》になる前に旦那が亡くなって、後家に囲われてた家屋敷から追い出されたんだと」

長屋に身を移した桔梗は、今そうしているように、お座敷で三味線方として働いたり、三味線や長唄を教えたりして暮らしを賄うようになった。

十年ほど独り身だった桔梗に求婚し、江戸に誘ったのは、長唄を習いにきていた商人だった。近江国《おうみのくに》の出だったその商人は桔梗より幾分若く、大坂の店で番頭《ばんとう》まで勤め上げたのち、江戸で一旗揚げたいと桔梗を連れて江戸に越した。

しかし、近江のつてを頼って小さな薬種屋を構えたまではよかったが、売り上げは今一つで、二年もすると桔梗は三味線で夫と変わらぬほど稼ぐようになった。

「旦那はそれが面白くなかったようで、桔梗さんに三味をやめて店を手伝うように言ってきたんだとさ。桔梗さんは三味をやめるくらいなら離縁したいと申し出て、旦那はしばしごねたらしいが、しまいには三行半《みくだりはん》をもらって綺麗さっぱり切れたそうだ」

それがちょうど十年前で、この夫も今はもう亡き者だという。

「なんとまあ……」

女一人、三味線で身を立てているだけでなく、上方の出、女郎上がりの桔梗の過去は咲を驚かせるのに充分だった。

だが、夫よりも三味線を選んだ桔梗の生き方は、かつて許婚《いいなずけ》よりも縫箔を選んだ己と似かよっていて、咲は一層桔梗に親しみを覚えた。

「男はもう懲り懲りだとさ」

咲を見やって、からかい口調で修次は言った。

「それに、あの善右衛門さんとやらだけどよ。ありゃ、桔梗さんの客だったんじゃねぇかなぁ」

「あんたもそう思うかい？」

「ああ。桔梗さんにはお弟子さんの家で会っただけだと言われたけどよ。けど、桔梗ってのは新町でつけた呼び名で、桔梗尽くしなのも新町にいた頃からだってんだ。名前に合わせて、客が桔梗の小間物やら着物やらを贈ってくれたそうでな……だから善右衛門さんも一目で気付いたんだろう。三十年余り経った今になってもよ」

「……あの櫛のことは、何か言ってたかい？　昔から使ってる験担ぎの櫛だって言ってたけれど——」
　桔梗が描かれた金蒔絵の前櫛で、きらびやかな割に峰と木口の丸さが愛らしかった。
「おう、抜かりはねぇぜ。あの櫛は俺も気になって問うてみたさ。このことも今までは
お弟子さんらにも秘密にしてきたってんだが、あれは生き別れになった妹からの贈り物
だそうだ」
「妹さん？」
　問い返しながら思い出したのは酒問屋のおかみの輝《てる》だ。かつて吉原で昼三《ちゅうさん》だった輝も、
吉原に売られる前に妹から贈られた櫛を今も大事に持っている。だが、輝の妹が贈った
のは安物の素彫りの櫛だ。桔梗が十四歳で売られたなら妹は更に年下だったろうに、金
蒔絵の櫛をどうやって手に入れたのか。
「うん。今はもうどこにいるのか、生きているのかさえ定かじゃねぇが、妹が傍《そば》にいる
ように心強いから、大事なお座敷ではあの櫛を必ず挿していくそうだ。新町で桔梗と名
乗ることにしたのも、あの櫛が心の拠《よ》りどころだったからだと言っていた」
「そうだったのかい……私はまた、二世を契った男からの贈り物かと思ったよ」
　寿からまた聞きしたことを伝えると、修次は顎に手をやった。
「俺も初めは男からだと思ったんだが、嘘《うそ》をついてるようには見えなかったな。身請人

の旦那にしても『二世を契った』というほどじゃあなかったような……でもそういう話なら、それこそ善右衛門さんが知ってるかもしれねぇぞ」

だが、善右衛門にはとても訊けたものではない。

「それにしてもお咲さん、よくも騙《だま》してくれたなぁ」

「私が騙した？」

「だってその、桔梗さんがああいうお人だとは一言も……」

「ああいうってなんなのさ？　お歳を召していることかい？　それならあんたが勝手に勘違いしたんじゃないか。善右衛門さんはお美弥さんのお舅《しゅうと》さんのご友人だよ。とすれば、桔梗さんだってそれなりのお歳に決まってるじゃないのさ」

「うう、だがしかし……」

しかし、老いても若い女をくどく男は少なくない。それを踏まえて、わざと桔梗の歳を言わなかったのは咲である。

言葉を濁した修次ににんまりすると、修次もくすりとして言った。

「なぁ、せっかくだからそこらで何か食ってかねぇか？　まさか昨日の今日で長屋のみんなと約束してねぇだろう？」

「そうだねぇ……」

咲が曖昧《あいまい》な相槌を打ったところへ、しろとましろが通りかかった。

「咲だ」

「修次だ」

縁台まで駆けて来たしろとましろに咲は問うた。

「あんたたちはまたお遣いかい?」

「ううん、今日はもう帰る」

「もうおうちに帰る」

「そんなら、一緒にちょいと食べてかないかい? 近くに美味しいお稲荷さんを出すお店があるって聞いたからさ。もちろん私が馳走《ちそう》するよ」

「お稲荷さん?」

声を揃えてから双子は小さく喉《のど》を鳴らした。

「食べる」

「一緒に食べる」

「おいら、お稲荷さん、三つ食べる」

「おいらも三つ食べる」

「いいよ、三つでも四つでも——じゃあ一緒に行こう。浮世小路の先にある山川屋って店なんだけど、修次さん、知ってるかい？」

「山川屋か。あすこは……」

「あすこは何さ？」

「居酒屋だからよ。子連れは親爺《おやじ》が嫌がるかもな」

眉尻を下げたしろとましろへ、酒を飲み干して修次は微笑んだ。

「まあいいや。行ってみよう」

折敷《おしき》に金を置くと、修次は咲たちを促した。

松葉屋から一町ほどの浮世小路には名高い料亭・百川《ももかわ》がある。百川を横目に更に一町ほど東に進んだところに山川屋はあった。

縄暖簾をくぐると、板場の向こうから店主と思しきいかつい男がじろりとこちらを見やった。しろとましろはさっと咲たちの後ろに隠れたものの、おそるおそる顔だけ出して店主を見上げた。

「お、おいらたち、お稲荷さんを食べに来たんだよ」

「美味しいお稲荷さんを食べに来たんだ」

「そうかい」

店主が頷くのを見て、咲たちは空いていた縁台に腰を下ろした。

富岡八幡宮前の屋台の稲荷寿司や柳川の信太蕎麦《そば》の油揚げと違い、山川屋の稲荷寿司は煮付けていない薄揚げに飯を包んだ物で、一緒に出てきた三つの小皿にはそれぞれ醬《しょう》油《ゆ》、塩、山葵《わさび》が入れてある。

「おいら、これ知ってる」

「おいらも知ってる」

山葵の小皿に手を伸ばしてしろとましろが言った。

「えんどうの餡子《あんこ》」

「鶯《うぐいす》餡」

「あっ」

咲が止める間もなく、双子は山葵に触れた指を舐《な》めた。

「ううっ」

二人してぎゅうっとつむった目尻から涙が滲《にじ》む。

「騙したな！」

「騙された！」

「辛いよう！」

「とっても辛いよう！」

口々に言う双子に修次が噴き出した。

「何言ってんの。見てくれに騙されて、あんたたちが勝手に早合点したんじゃないのさ。ああもう、早くお水をお飲み。修次さんも笑ってないで、そっちのお水をやっとくれ」

「うう……」

涙目のしろとましろが水を飲むと、咲は手ぬぐいで二人の涙を拭《ぬぐ》ってやった。

「ちょっと嗅《か》いだら判るだろうに、指で舐めるなんてはしたない。そもそもあんたたち、山葵を知らないのかい？」

「知らない」

「いらない」

揃って首を振る二人に、修次が笑いをこらえながら醤油と塩の小皿を指した。

「山葵は俺とお咲さんで分けるから、お前たちはこっちにつけて食べな」

別の小皿をもらって山葵醤油を作ると、咲と修次は一つずつ稲荷寿司をつけて齧《かじ》った。

「うん、美味しいね」

煮付けていない分、油揚げがふっくらしていて香ばしい。中の酢飯は艶《つや》やかで、控えめな酢と砂糖の加減が絶妙だ。おろしたての山葵は香り爽《さわ》やかでつんと辛く、醤油は濃い目だがまろやかで、店主のこだわりが感ぜられる。

「ここの稲荷は食べたことがなかったが、旨いな、こりゃ」

修次が目を細めるのを見て、しろとましろも一つずつ、まずはちょいちょいと醤油につけて一口齧る。

「どうだ？」と、板場から店主が問うた。

「美味しい」

「美味しい」

ようやくにっこりしてから双子は続けた。

「でも、山葵より餡子の方が美味しいよ」

「餡子の方がきっとお揚げに合うよ」

「ははは、そうだなぁ。酢飯を抜いて、薄揚げに餡子を包んでもいいかもな。けど、うちは居酒屋だからよ。餡子じゃつまみにならねぇや。ああでも、弟に言ってみるか。あすこんちは甘いもんが好きだから……」

店主の弟が豆腐屋で、油揚げは弟の店から仕入れているという。

「こいつはおまけだ。食ってみな」

そう言って、店主自らが運んで来たのは傳七郎が言っていた厚揚げだ。

「お揚げだ！」

「おっきいお揚げだ！」

「わぁぁ」

「わぁぁぁ」

すっかり機嫌を直して、しろとましろは稲荷寿司を四つずつ、厚揚げを二切れずつ食べて満足顔で帰って行った。


六ツを過ぎてから長屋に戻ると、しまが呼び止めた。

「桝田屋さんからお金を預かってるよ」

聞けば、半刻ほど前に志郎が長屋を訪ねて来たという。

「ええとね、桔梗の巾着の注文は取り消しで」

「取り消し？」

「うん、でもお代はそっくり払うからって一分一朱置いていったよ」

「なんですって？」

呆然《ぼうぜん》としながら咲は再び問い返した。

「なんでも、巾着はもう入り用じゃなくなったんだって、お客さんが断りに来て、でも注文の品だし、お咲さんには既に手間暇かけさせてしまった後だから、お代は約束通り払ってくれるんだってさ。よかったね、お咲さん」

確かに小間物屋を覗いたり、出稽古を見せてもらいに行ったりと時をかけ、およその案を固めて布も既に仕入れた後だが、手放しでは喜べなかった。

翌朝、咲は桝田屋が暖簾を掲げる前に訪ねた。

「ほら、志郎さん、やっぱりよ」

苦笑しながら美弥は咲を招き入れた。

「訪ねて来るんじゃないかと思ってたのよ」

「だって、作ってもいない物の代金はいただけませんよ。ましてや心付けまで」

「うん。お咲さんならそう言うんじゃないかと……」

「善右衛門さんはどうして今になって断りを？　一体なんと仰ってました？　川開きのことで何か？」

咲が桔梗と顔見知りと知って、桔梗に余計なことを告げてやしないかと、善右衛門に勘繰られたのではなかろうか。

はたまた、善右衛門が桔梗の「客」だったなら、二度顔を合わせても己を思い出さない桔梗には脈がないと判じたのやもしれない。

「川開き？」

　美弥に問われて、咲はまず川開きでの出来事を話した。

「まあ、すごいご縁じゃないの」と、美弥は目を輝かせた。「お咲さんと修次さんに、桔梗さんと善右衛門さん……でも、そんなことがあったなんて、善右衛門さんは一言も仰らなかったわ。ね、志郎さん？」

「ええ。やはり出過ぎた真似《まね》だと思うからと、仰っていました。傳七郎さんやお寿さんが乗り気だから断りにくかったとも」

「本当にそれだけですか？」

　咲が問い詰めると、志郎は小さく溜息をついた。

「少なくとも先日お店にいらした時は、善右衛門さんも贈り物に乗り気でいらっしゃるようにお見受けしました。ですが昨日は何か……その、事情がおありなのだろうとは推察いたしましたが、私どもがお訊ねするのはそれこそ出過ぎた真似です。急に、勝手に断りを入れた手前お代を払うというのも、善右衛門さんのような方には見栄《みえ》の内で、珍しい申し出ではありません。ですからお咲さん、どうか善右衛門さんの意を汲《く》んでお代はお納めください」

　眉根を寄せた咲を見て、志郎は再び溜息を漏らした。

「桔梗さんも、その、花街にいたことを知られて気まずいのでは？　善右衛門さんはそんな桔梗さんを気遣って、かかわるまいと考え直されたのではないでしょうか？」

「志郎さん……『意を汲む』のも『気遣う』のもいいですけどね。気を回し過ぎるのは禁物ですよ。志郎さんだって、そうやって大分回り道したじゃないですか」

「……そんなことはありません」

憮然《ぶぜん》とした志郎をよそに、咲は続けた。

「桔梗さんは自ら新町にいたと善右衛門さんに明かしましたし、善右衛門さんも『昔は昔』と仰っていました。ですからもしも善右衛門さんが桔梗さんを気遣ったのなら、新町にいたことじゃなくて、桔梗さんの想い人に遠慮したからかもしれません」

「お義母さんが聞いた噂ね。二世を契った人がいたらしいって――」

身を乗り出して美弥が言った。

「そうね。善右衛門さんも二十五、六までは大坂にいらしたんですもの。桔梗さんの想い人を知っていてもおかしくはないわ」

「ええ。櫛が妹さんからの贈り物というのも、私はなんだか腑《ふ》に落ちないんです」

「ですが、桔梗さんご自身がそう仰ったのでしょう？」と、志郎。「それならそれでよいではありませんか。よしんば善右衛門さんが想い人をご存じだったとしても、善右衛門さんは桔梗さんの心情を慮《おもんぱか》ってご遠慮なさったのでしょうし――」

「でも、まったく脈がないとは思えません」

善右衛門への礼の言葉や見送った桔梗の目には、淡くも確かな好意が感ぜられた。

「男の人への気持ちじゃないかもしれませんが、どこか懐かしそうな……」

「でしたら郷愁とやらでしょう」

「もう、志郎さんたら」

からかい交じりに苦笑してから美弥は言った。

「桔梗さんが善右衛門さんをしかと覚えていないのは、名前のせいかもしれないわ」

「名前？」

「ええ。前にお義母さんから聞いたんだけど、善右衛門という名前は大坂の豪商にあやかってつけたんですって。これは江戸に出てきてからのお話よ。ねぇ、志郎さん？」

「そう聞いております」

「善右衛門さんは、大坂では違う商売をされていたのよね、志郎さん？」

志郎はもともと深川住まいで、傳七郎の知己だった。ゆえに傳七郎と親しい善右衛門についても美弥よりも知っているようだ。

美弥に促されて、渋々といった態《てい》で志郎は口を開いた。

「善右衛門さんのご両親は、大坂で唐物屋《からものや》を営んでいらしたそうです。善右衛門さんは一人子で、ご両親がお歳を召してからのお子さんだったので、大層大事にされて育ったと聞きました」

「唐物屋だったのに、江戸では両替屋に？」

「ええ。なんでも得意客に裏切られて悪評が立ち、お店は善右衛門さんが跡を継ぐ前に畳んでしまったそうです」

金で苦労したがゆえに、「金のことを学ばなければならぬ」と、店を畳んだのち善右衛門は大坂の両替屋で働き始めたという。

「ご両親は大坂で亡くし、江戸には一人で出ていらしたそうですが、運良く、やはり身寄りのいない独り身の両替屋に気に入られたと仰っていました。この恩人ともいうべき方に勧められて、かつての大坂の豪商にあやかって善右衛門と名乗ることにしたと聞いております。やがて恩人に跡継ぎとして見込まれ、お店を譲ってもらった善右衛門さんは、ご両親を偲《しの》ぶために、お店の名を今の『岡屋《おかや》』と変えたそうです」

「待ってください！」

思わず声を高くした咲を、美弥はもちろん、志郎までも驚き顔で見つめた。

「善右衛門さんの両替屋——いいえ、ご両親の唐物屋は岡屋って名だったんですね？」

「その通りです」

志郎の返事を聞きながら、咲は美弥に勢い込んだ。

「お美弥さん、まだなんとかなるかもしれません」

◎

家に帰った咲は、その日と合わせて三日のうちに巾着を仕上げた。

抹茶色を地色にしたまちのある巾着で、長方形の底から二寸ほどは紫色の布に切り替えた。抹茶色の部分に入れた縫箔は小振りの桔梗だが、己が温めていた意匠ではなく、桔梗の験担ぎの金蒔絵の櫛の意匠を真似て、金箔も増やした。

底布の真ん中にも箔のない刺繍を入れたが、こちらは時計の文字板を模した意匠だ。二重の円を十二分に区切り、外側の円には十二辰刻《しんこく》を示す十二支の文字を、内側の円には時の鐘が知らせる時刻を示す二組の九から四の数字を縫い取った。

「あの金蒔絵の櫛は、善右衛門さんが贈った物だと思うんです。善右衛門さんと桔梗さんは昔からの知己に違いありません」

そんな推し当てと共に出来上がった巾着を深川の寿に届けて二日後、咲は志郎を通じて言伝《ことづて》を受け取り、次の日に桝田屋で善右衛門と会することになった。

興味津々の美弥が後ろ髪を引かれながら店先に戻ると、座敷で咲は善右衛門に頭を下げた。

「差し出がましい真似をして、どうもすみません」

「いやいや、なんとも侮れんお人じゃ、お咲さんは」

善右衛門と桔梗は昔からの馴染みであった。

ただし、花街での「馴染み」ではなく「幼馴染み」である。

苦笑交じりの善右衛門に咲は言った。

「いえ。修次さんが桔梗さんの過去を聞き出してくだすったからです。桔梗さんのおうちが『時屋』だったと聞いていたからこそ閃いたんです」

桔梗には「岡止々岐《おかとトき》」という異名がある。

岡に生える釣鐘人参《にんじん》――トトキ――がその由来で、根は生薬として使われている。また、薬用人参の異名が「神草」であるため、岡止々岐は「岡に咲く神草」を意味するともいわれている。

善右衛門の店の名が『岡屋』だと知って、咲は金蒔絵の櫛は善右衛門からの贈り物だと推し当てた。

「ふふ、修次さんは流石《さすが》『たらし』だけあるのう。あのお寿さんでさえ、上方でのことは聞き出せんかったと言うておったのに……それにしても、『岡屋』と『時屋』で『岡止々岐』とぴんとくるとは恐れ入ったわい」

桔梗は岡止々岐ともいうのだと二人に教えたのは善右衛門の母親で、幼き頃、二人は共に桔梗の花を育てたこともあったそうである。善右衛門が桔梗の意匠の櫛を選んだのは、それが二人にとって符牒《ふちょう》のごとき想い出深い花だったからだ。

「儂の親が営んでおった岡屋と、桔梗さんの親父さんの時屋は隣り同士でな」

善右衛門は一つ年上の桔梗を姉のように慕って育ち、桔梗もまた善右衛門を「妹」のごとく可愛《かわい》がっていた。

「というのも、母は流産を繰り返したのちに儂を授かっての。大事な嫡男にしておそらく一人子となるだろうからと、儂に女子《おなご》の格好をさせておったんじゃ」

跡継ぎを重んじる家ではけして珍しい話ではない。「七つまでは神のうち」といわれるように、七歳までは子供は神のもの――つまりこの世よりもあの世に近く、病気や怪我《けが》で容易く命を落としてしまう。それは女児でも同じなのだが、比べると女児よりも男児の死が多いため、「魔除《まよ》け」として男児を女児のように扱う風習がある。

「八つになってからは少しずつ男物の着物も増えたがの。桔梗さんがお下がりをくれるもんじゃから、結句、十二まではよく女子の格好をしておった。今の儂からはとても想像できんじゃろうが、桔梗さんと二人で出かけると皆姉妹と思うて、ちやほやしてくれたもんじゃ」

だが、桔梗が十三歳、善右衛門が十二歳になってまもなく、時計師だった桔梗の父親はとある呉服屋の主《あるじ》から苦情を受けた。点検したばかりの時計が狂っていて、大事な商談をふいにしたというのである。

精巧かつ高価な時計を持つ者は限られており、時計屋は将軍家や諸大名、豪商などが主な客である。点検も細心の注意を払って行っているがゆえに父親は耳を疑った。

「相手方を訪ねた親父さんが言うには、誰かがけつまづいたか、ひっくり返したか、とにかく中がひどい有様だったと」

父親は修理を申し出て穏便な話し合いを望んだが、呉服屋は応じなかった。

「あやつはほんにえげつない男でなぁ。なのに金はたんまり持っとったもんじゃから、皆やつに尻尾《しっぽ》を振って、あやつの言うがままになってのう……いわれのないそしりを受けて心労が祟《たた》ったんじゃろう。親父さんは癪《しゃく》を起こして寝付いてしまい、一年と経たずに亡くなってしもうたんじゃ」

桔梗には既に嫁いだ姉がいて、桔梗と母親は惜しまれながらも住み慣れた町を離れて姉の家に身を寄せた。

善右衛門が桔梗の身売りを耳にしたのは、数箇月後のことだった。

桔梗は十四歳、善右衛門は十三歳になっていた。

「店や親父さんの看病にかかった借金が大分あったようじゃ。これも後で知ったんじゃが、呉服屋の次男が――まだ十五、六の若者だったんじゃが――桔梗さんに岡惚れしとったらしい。じゃが、言い寄られた桔梗さんは、とんでもないと番屋に駆け込んだそうでなぁ……次男は番人からこっぴどく叱《しか》られたというんじゃ。呉服屋が変な苦情を言うてくる前の話じゃよ」

桔梗は当時はまだ十三歳の少女であった。男のあしらい方も知らぬ上に、気のない年上の――おそらく己より大きな男に言い寄られるとはさぞ恐ろしかったことだろう。

「じゃあ、もしや全《すべ》ては呉服屋の逆恨み――」

「うむ。証拠はないが町の者は皆そう思っとった。呉服屋が借金の肩代わりを申し出たという噂もあってのう。つまり、代わりに次男の嫁にならぬかと……じゃが、桔梗さんは『父の仇《かたき》に嫁ぐくらいなら新町にいく方がまだまし』だと啖呵《たんか》を切ったとか」

――二度とうちの前に姿を見せんといてや。もしも見世《みせ》に現れよったら、その場で舌を噛《か》み切るさかい――

「そんなことが……」

「あくまで噂じゃが、呉服屋にしても桔梗さんにしてもありうる話じゃよ。桔梗さんは幼い頃から気《き》っ風《ぷ》がよくて、呉服屋の仕打ちに誰よりも腹を立てておったでな」

微苦笑を漏らしてから、善右衛門は話の続きを口にした。

「儂はなんとかして桔梗さんを救いたかったが、十三の子供にできることなぞなんにもなかった」

既に店を手伝い始めていた善右衛門は、いつか桔梗を身請けしようと商売に励んだ。

三年後、桔梗が水揚げされると風の便りに聞いた善右衛門は身請けを決意した。

「あの頃、うちの店は上り調子じゃったでな。親に頼み込んで、うちの有り金を出してもらえることになったんじゃ。足りない分は、町の者に頭を下げて安く貸してもらう手筈になっておった」

意気揚々として善右衛門は、己が貯《た》めてきた小金から求婚の贈り物とすべく櫛を買った。桔梗が験担ぎにしているあの金蒔絵の櫛である。

だが、善右衛門が身請け金の工面を終える前に、岡屋は窮地に陥った。

得意客の茶人に納めた唐物の壺《つぼ》が、偽物として返品されたのだ。

「親父も儂も本物だと判じたが、聞き入れてもらえなんだ。壺は引き取って返金することになったんじゃが、それが五両での」

善右衛門が足りなくなった五両を工面する間に茶人が広めた噂が広まり、岡屋には返品が相次いだ。そうこうするうちに桔梗の水揚げの日が近付いて、善右衛門は櫛だけを持って新町へ向かった。

「身請けできんのに、桔梗さんに合わせる顔がなかったでな。名乗らずに、置屋の遣手《やりて》に櫛を言付けて帰ったんじゃ」

のちに、一連の出来事は新たに唐物屋を開こうとしていた仕入れ先の者と、その者に金でそそのかされた茶人が仕組んだことだと知れたが、後の祭りであった。

岡屋はそれからも三年ほど店を続けたが、以前の勢いはなく、流行り病で母親、それから父親が相次いで亡くなると、善右衛門は店を畳んで両替屋で働き始めた。

「唐物の真贋《しんがん》は玄人でさえ見抜けんことがあるが、金の真贋はお上がはっきりさせてくれるでな。それに時屋も岡屋も、金さえあればなんとかなったと何度も悔やんだでなぁ。金にはもう泣かされまいと、死にもの狂いで学んだわい」

両替屋で修業をするうちに、善右衛門は再び風の便りで桔梗の身請けを知った。

「実はどんな旦那かとこっそり見に行ったんじゃが、これがなかなか良い男でな。何不自由なく暮らしとるようじゃったし、もう一安心じゃと――否、未練を断ち切るために仕事に励んだんじゃ」

そうして一通り仕事を覚えた善右衛門は、二十六歳の春に江戸に出た。

「じゃあ、桔梗さんとは――」

「儂は二十六年ぶりかの。未練がましい話じゃが、大坂を出る前に、今生の別れと思うてまたこっそり顔を見に行ったでな」

だが、十三歳で町を去った桔梗は四十年ぶりということになる。

それじゃあ、桔梗さんがお寿さんちで気付かなかったのも無理はない――

「まさか、桔梗さんまで江戸に出てきておったとは……そればかりか、お寿さんのお師匠さんとはなぁ……えらい巡り合わせがあったもんじゃ」

「ええ。これぞ合縁奇縁というものでしょう。ですからどうか、今一度桔梗さんとお話しなさってくださいませ」

「じゃが、今はもう仕合わせに暮らしとるようじゃし、今更、大坂のことなぞ思い出したくもないじゃろう」

「そうでしょうか？　桔梗さんはあの櫛をいまだ大事にお持ちです。桔梗さんは、櫛が善右衛門さんからの贈り物だと一目で気付いた筈です。気付いたからこそ、『桔梗』と名乗ることにしたんです」

櫛を置いていった善右衛門は名乗らなかったが、桔梗は『桔梗』と名乗ることで、善右衛門に知らせたかったのだろう。

己が櫛を受け取ったこと。

贈り主が善右衛門だと気付いたことを――

「桔梗さんは、あの櫛は『妹からの贈り物』だと言うたそうではないか。ははは、よもやこんな爺ぃになっとるとは思うまいな。あの人が気付かんのも無理はないわい」

自嘲《じちょう》を浮かべた善右衛門に、咲は小さく首を振った。

「いいえ、桔梗さんは善右衛門さんの正体をきっともうご存じです」

――もうずっとまっとうに暮らしてきたんです。大坂でも、江戸でも――

桔梗さんは、本当は問いたかったのではなかろうか。

善右衛門さんがかつての「妹」で、櫛の贈り主ではないのかと……

だが、上方言葉を引っ込めた善右衛門に遠慮したのだろう。あの時お礼交じりに語ったことが、桔梗の精一杯の打ち明け話だったのだ。

「妹からの贈り物だと仰ったのは、善右衛門さんが知らない振りをしたからです。善右衛門さんは櫛を見ても何も仰らず、人を待たせていると言ってすぐに行ってしまわれました。桔梗さんは、善右衛門さんこそもう何不自由なく、仕合わせに暮らしていると判じられたのでしょう」

はっとした善右衛門に咲は繰り返した。

「桔梗さんはご存じです。善右衛門さんがあの櫛に託した想いも……桔梗さんの身の上は、お寿さんから伝え聞かれたことと存じます。桔梗さんはあの櫛を受け取り、拠りどころとしてずっと大事にしてきました。身請けされたのちも桔梗の名を名乗り続けてきたこと……それが桔梗さんのお気持ちです」

だが、桔梗から名乗ることはないだろう。

十七歳だった桔梗が水揚げされてから三十六年になる。

善右衛門があの櫛のことをすっかり忘れていたとしても、はたまた櫛に託した「妻問い」をなかったことにしたいのだとしても、仕方のないことだと桔梗は飲み込んだのだろう。だからこそ、のちに修次から咲へ、咲から寿へ話が伝わっても善右衛門が困らぬように「妹からの贈り物」としたに違いない。

愛おしげに櫛に触れた桔梗の指と眼差しが思い出された。

あの時、桔梗さんはどんな思いで微笑んだのか——

「善右衛門さん……ここはどうか女心を汲んで、善右衛門さんの方から桔梗さんにお声がけくださいませんでしょうか？」

窺うように見つめた咲に、善右衛門はゆっくりと微笑んだ。

「……そうじゃな。お咲さんの巾着という、いい話の種もあるでなぁ」


七ツを聞いて、咲は身なりを確かめて長屋を出た。

桝田屋で善右衛門と会ってから十日を経て、水無月《みなづき》は十六日になっていた。

柳原に出ると、しろとましろの稲荷神社に寄ってみたが、双子も修次の姿も見当たらなかった。

修次に成り行きを話したく、さりとて長屋を訪ねるまでもないと思っていた咲はいささかがっかりしたが、柳原を東へ歩いて行くと、新シ橋《あたらばし》を通り過ぎたところでしろとましろが大川の方からやって来た。

「あんたたち、今、帰りかい？」

「帰らないよーだ」

「もう少し遊ぶんだよーだ」

「ふうん。まあ、好きにおしよ」

咲が微笑むと、双子は咲をしげしげと見やって言った。

「なんだか違う」

「いつもと違う」

「どこ行くの？」

「咲、どこ行くの？」

「今日は――」

言いかけて咲はにんまりとした。

「いや、あんたたちには教えないよ」

「む？」

「むむ？」

小首をかしげてから双子は言った。

「真似っこ」

「おいらたちの真似っこ」

「ああ、そうさ」

更ににんまりとして頷くと、双子は眉根を寄せて咲に背を向け、何やら囁き合ってから振り向いた。

「そんなら気を付けて行ってお帰り」

「気を付けて行ってお帰りよ」

ふんぞり返って己の真似をするしろとましろに、咲はつい噴き出した。

「なんだよぅ」

「なんなんだよぅ」

「――なんでもないよ」

あれも実は、この子たちのお導きだったのかもしれないね――

桝田屋の前で己が善右衛門と、川開きで桔梗と善右衛門が再会したことを思い返しながら咲は腰をかがめた。

「しろにましろ……ありがとう」

礼を言われるとは思わなかったのか、双子はまずきょとんとし、それからもじもじとして小声になった。

「なんだよぅ……」

「なんなんだよぅ……」

「ふふ、さ、おゆき。ぐずぐずしてるとすぐに六ツだよ」

しろとましろを見送ってから、咲は再び歩き出す。

いつもより着飾って出て来たのは、美弥を通して傳七郎と寿に屋形船に招かれているからだ。

無論、善右衛門と桔梗も一緒である。

六ツまでにという約束より四半刻《しはんとき》は早く着いた筈だが、両国広小路からほど近い船着場では美弥と志郎、寿と傳七郎、そして桔梗と善右衛門が既に待っていた。

桔梗は髷に件《くだん》の櫛を挿し、手には咲が作った巾着を提げている。

「お待たせしてしまったようですみません」

一礼して皆を見回すと、己だけ独り身なのが何やら侘《わび》しい。

そんな咲の胸中を見透かしたかのように、美弥が首を振って微笑んだ。

「ううん。私たちが早く着いたのよ。それに今日はもう一人お招きしてるから——ね、志郎さん」

「ええ」

こちらはにこりともせずに志郎が頷くと、咲の後ろから声がした。

「おおーい！」

修次であった。

小走りに近付いてくる修次を横目に、美弥と寿が口々に言う。

「ほら、修次さんは川開きで櫛を取り返してくれたでしょう」

「そうそう。そのお礼を兼ねてお招きしたのよ。ね、お師匠さん？」

「ええ」

桔梗が頷くと、志郎はさておき、傳七郎と善右衛門が微苦笑を浮かべた。

「――どうも皆さん、お待たせしました」

桔梗と善右衛門を交互に見やって、修次はにっこりとした。

「今宵はお招きありがとうございます。あらましは志郎さんからお聞きしやしたが、うまくまとまったそうで何よりです」

挨拶を交わしてから、修次は桔梗の巾着を見やって問うた。

「お咲さんが作った巾着ですね？」

「ええ。とっても気に入っております」

桔梗が底の刺繍も見せると、修次は口角を上げて今度は咲を見やった。

「志郎さんから聞いたぜ、お咲さん。あんたはほんとに物知りだなぁ。俺ぁ、岡止々岐なんて名はちっとも知らなかった。志郎さんだって、お咲さんの博識には感心してたぜ。なぁ、志郎さん」

「ええ、まあ」

志郎の相槌はそっけなかったが、それでも咲にはじんわり嬉しい。

「お咲さん、ほんにありがとうございました。置屋で遣手から櫛を渡されて、私はもちろん一目で善右衛門さんからだと判りましたけど――お咲さんの慧眼《けいがん》にはほんに驚かされました」

「桔梗さんだって……桔梗さんは川開きの折にはもう、善右衛門さんにお気付きでしたでしょう？」

咲が問うと、桔梗はちらりと善右衛門を見やって微笑んだ。

「その前に、お寿さんのところでとっくに気付いておりました。昔と名前は違ったけれど、若い頃の面影やほくろ、仕草などで……あの時は傳七郎さんのご友人としかお聞きしませんでしたけど、のちに少し辺りで訊ねて、『両替屋』の『岡屋』のご隠居だと教えていただきました。――ああ、若い頃というのは、『妹』だった頃じゃなくて二十歳の頃のことですよ」

桔梗もまた、新町を出てからこっそり善右衛門を訪ねたことがあったという。

「昔の町を訪ねて、岡屋が店を畳んだことや、善右衛門さんが両替屋で働いていることを知りました。その足で両替屋を訪ねてみましたが、こちらは身請けされた囲われ者でしたから、とても合わせる顔がなく――でも、運良く表に出て来た善右衛門さんを眺めることができたんです」

これきりだと己に言い聞かせて帰った桔梗だったが、のちにもう一度――三十路前に身請人の旦那が亡くなってしばらくして両替屋を訪れた。

「けれども両替屋は代替わりしていて、奉公人も仰山《ぎようさん》入れ替わってて、善右衛門さんの行方は判りませんでした」

「儂はとうに江戸に出ておったでの」と、善右衛門。

「ふふ、ですからお寿さんのところでは目を疑いましたよ」

「じゃが、この人はそんな素振りは一つも見せんかったでな」

「年の功です。あれからどうしていたのか訊きたかったけれど、私にいろいろあったように、善右衛門さんにもいろいろあったのだろうと……お互い随分歳を取りましたからね。善右衛門さんから問われぬ限り、口をつぐんでおこうと思ったのです。とはいえ、川開きではついまた未練がましくしてしまいましたが」

「つまりは、お咲さんの読み通りだったんじゃ」

善右衛門の言葉に寿が大きく頷いた。

「そうよ、お咲さんのお手柄よ。――あ、ほら、私たちの船が来たようですよ。積もる話は船でしましょう」

「ああ、その前に」

懐に手をやって修次が言った。

「手土産を持って来たんで、酔ってうっかり川に落としちまわねぇよう、先に渡しておきやす。よかったら、そちらの巾着と一緒に使ってくだせぇ」

小さな懐紙の包みを広げると、根付《ねつけ》のごとき大きめの穴あきの硝子玉《ガラスだま》が現れた。

濃紫の硝子玉は桔梗が透かし彫りされた銀細工に包まれていて、桔梗の意匠はやはり櫛の意匠を真似たものだ。

「まあ」

目を丸くした桔梗の横から覗き込んで、美弥と寿も「まあ!」と声を揃えた。

仕草まで似ている二人にくすりとした咲に、修次が言った。

「へへ、お咲さんに負けちゃいられねぇと思ってよ。日がそんなになかったからまああ苦心したさ」

何張り合ってんのさ。莫迦莫迦しい——

そう言おうとして咲は思い留《とど》まった。

簪でもよかっただろうに、このような小粋な細工物を考えたとは実は内心感心しきりで、仕上がりも申し分なく美しい。

「……流石、錺師の修次さん。あちこちで引っ張りだこなだけあるよ」

修次は一瞬きょとんとしたが、すぐに照れた笑みを漏らした。

「ああいや、それほどでも……」

修次がつぶやくと、美弥と寿が目を交わし、桔梗までもにっこりとする。

硝子玉を巾着にぶら下げると、巾着を掲げて桔梗は善右衛門に問うた。

「どうかしら？」

「うむ。よう似合《にお》うとる」

善右衛門が目を細めると、寿が改めて皆を促した。

「ささ、皆さん、船へ――今宵はゆるりと楽しみましょう」

大暑を過ぎたばかりで日中はまだ蒸し暑かった。

だが、六ツが近付いた大川端では、川面を渡ってくるそよ風が涼やかだ。

傳七郎を始めとする年嵩の四人が歩き出すと、それとなく美弥にせっつかれ、咲は修次と並んで船に向かった。

第三話　松葉の想い出《おもいで》

「お咲《さき》さん、お客さん！」

勘吉《かんきち》は昼寝をしているのだろう。路《みち》の声が代わりに呼んだ。

屋形船に招かれてから、二日が経《た》った水無月《みなづき》は十八日である。

咲が急いで階下に下りると、開けっ放しにしていた戸口から能役者の関根《せきね》泰英《やすひで》が顔を覗《のぞ》かせた。

「まあ、関根さん――」

会釈と共に迎えたところで、関根の後ろの女に咲は気付いた。

「こちらはお歌《うた》さんだ。野崎宗平《のざきそうへい》さんの娘さんでね。お歌さん、こちらが縫箔師《ぬいはくし》のお咲さんだよ」

戸口の向こうで頭を下げた女はまだ十六、七歳で、単衣《ひとえ》の着物は白茶《しらちゃ》色と地味だが、練《ねり》色の帯に花菱《はなびし》文様が織り込まれているのが身分を感じさせる。

野崎宗平は関根と同じく能役者で、直《じか》に会ったことはないが、その名は咲の縫箔の親方である弥四郎《やしろう》の家で耳にしていた。

「咲と申します」

上がりかまちで咲が頭を下げると、歌も愛らしくお辞儀を返す。

「歌と申します。急にお伺いしてすみません」

座敷に上がってもらうと、歌は腰を下ろしつつそれとなく家の中を窺《うかが》った。

咲は二階を仕事場としており、一階には夜具に枕屏風《まくらびょうぶ》、簞笥《たんす》や蠅帳《はいちょう》、火鉢などがあるだけだ。だが、能役者の娘なれば裏長屋を訪ねることなどまずないゆえに、かまどが一つしかないささやかな台所や二階へ続く梯子《はしご》を見やる歌の目は興味津々である。

咲と関根の目に気付いて、歌は慌てて言った。

「ご、ごめんなさい。私ったら不躾《ぶしつけ》に……」

「いえ。なんでしたら後で二階もお見せいたしましょうか？」

「まあ、是非」

目を輝かせた歌へ微苦笑を向けてから関根が言った。

「お歌さんは此度《こたび》、遠藤《えんどう》家に嫁ぐことになってねぇ」

相手の名は彰久《あきひさ》でまだ十七歳の若者だという。独り立ちしてから六年になる咲は無論知らない者だが、遠藤家は観世《かんぜ》流のシテ方だ。

「それはおめでとうございます」

「ありがとう存じます」

たったこれだけのやり取りに頬《ほお》を染める歌が初々しい。

今年十六歳だという歌は、二年前から彰久と想《おも》いを育《はぐく》んできて、ようやく両家の許しを得て彰久が十八歳となる年明けに祝言を挙げる運びになったという。

「それで、祝言はまだまだ先の話なのですが、許婚《いいなずけ》となったお祝いに彰久さんから簪《かんざし》をいただきまして、私も、その、何かお礼の贈り物をしたいのです。本当はお着物を仕立てたかったのですけれど、私のお小遣いではとても購えなくて――そしたら関根さんが半襟はどうかと、お咲さんを勧めてくださったのです」

咲は先だっての卯月《うづき》に関根の注文で腰帯を作っている。まさか着物の注文はあるまいが、もしや帯でも――と思っていたため、半襟と聞いて少々がっかりしたが、舞台装束ではなくとも、能役者が身につけるものとなれば胸が躍った。

また親を頼りにせずに、己の小遣いで購おうという歌の心意気も気に入って、咲は微笑《ほほえ》んだ。

「喜んでお引き受けいたします」

応《こた》えてから、咲は歌の髷《まげ》に目をやった。

「お許婚からの贈り物というのは、その珊瑚《さんご》の簪ですか?」

歌は薄紅色の珊瑚の玉簪と、朱塗りに菊の金摺絵《きんずりえ》が入った姫櫛《ひめぐし》を挿している。

「あ、いえ……」

はにかんで、歌は巾着《きんちゃく》から細長い小箱を出して蓋《ふた》を開けた。

更に中の小布を開くと、現れたのは波千鳥の意匠《いしょう》の銀の平打《ひらうち》だった。

「これはもしや、修次《しゅうじ》さんの――」

「ええ」と、歌は嬉《うれ》しげに頷《うなず》いた。「流石《さすが》、関根さんが見込んだお方ですね! 一目でお判《わか》りになるなんて」

「うむ。流石お咲さんだ。私はまったく知らなかったよ」

「私は小間物屋によく出入りしておりますから。それに、関根さんは簪などあまりご覧になりませんでしょう」

「しかし、聞けばこの錺師《かざりし》の修次という者は、根付《ねつけ》や煙管《キセル》なんかも手がけているそうじゃないか」

「そう――聞いております」

微《かす》かに嫉妬《しっと》を覚えながら咲は頷いた。

波千鳥の意匠を用いた小間物や着物は巷《ちまた》に溢《あふ》れているものの、修次の平打はやはり一味も二味も違って見える。

波千鳥は夫婦円満を象徴する、縁起の良い文様だ。千鳥の飛び交う波間を世間の荒波に見立て、「共に乗り越えていく」という想いを込めて、彰久のように求婚や婚礼の贈り物とすることも多い。

飛沫《しぶき》を上げて頭上を覆う高波を、二羽の千鳥が並んで、互いを確かめ合いながらくぐり抜けて行く……そんな二羽の絆《きずな》がほんの一寸ほどの円の中からしっかり伝わってきて、咲は舌を巻く他なかった。

「私も修次さんの小間物を見るのは初めてで……巷で人気らしいと私が話したのを、彰久さん、覚えていてくれたんです。それでつてを頼って注文してくださったそうで」

「お若いのに粋《いき》なことをなさるお人ですね」

咲の言葉に歌は再びはにかんだ。

「では、半襟もお揃《そろ》いの意匠になさいますか？」

咲が問うと、歌は今度は首を振る。

「いえ。真似《まね》をするのはなんですから、松葉の意匠でお願いしたいのですけれど……その、舞台の『影向《ようごう》の松』にかけて」

能舞台の後方の壁は「鏡板」といい、影向の松と呼ばれる松の木が描かれている。影向は神仏が現世に降臨することを意味する言葉で、一説では客席に現れた松——神の化身——を映したのが鏡板の松、すなわち能役者は神の前で演じているそうである。

「松葉……ですか」

「ええ。鏡板のような松の木では大げさですし、何やら年寄り臭いもの。晴れてようやく夫婦になれるのですから、けして離れ離れにならないようにと願いを込めて……」

ますます頬を染める歌が愛らしく、咲は目を細めて頷いた。

「松葉は吉祥文様です。お二人の門出のお祝いとして、腕によりをかけて、この簪に負けない半襟を作りますよ」

彰久は柄物を着ることはあまりなく、鼠色《ねずいろ》や利休鼠《りきゅうねず》を始め、青なら御召茶《おめしちゃ》や青鈍《あおにび》、緑なら青丹《あおに》やそれこそ松葉色と、落ち着いた色合いの着物が好みらしい。

紙にいくつかの松葉を描いておよその意匠を決めてしまうと、咲は歌を二階の仕事場に案内した。

「足元にお気をつけて——」

おそるおそるだった梯子の上り下りを含め、千からある糸や大小の張り枠、鋏《はさみ》、目打ち、針箱などの道具、作りかけの巾着や、咲の手持ちの巾着やら財布やら帯やらを見るだけでも歌には楽しんでもらえたようだ。

歌は名残惜しそうであったが、「伴《とも》の者を待たせているから」と関根に促され、半刻《はんとき》も経たずに暇《いとま》を告げた。

木戸の外まで出て関根と歌、それから表で待っていた伴の者を見送って戻ると、ほんのひとときで路の声がした。

「お咲さん、またお客さんー」

「また……？」

脱いだばかりの草履《ぞうり》を履いて表へ出ると、見覚えのある男が一人、咲を認めて頭を下げた。

男の名は周介《しゆうすけ》で、弥四郎の弟子の一人である。

咲より七つ年下の二十歳で、咲が独り立ちした時はまだ十四歳だった。

「周介さん、どうしたの？　親方から何か言伝《ことづて》でも？」

「はあ、あの……中でお話ししても？」

「もちろんだよ」

座敷に上がった周介は所在なく辺りを見回し、二階を見上げた。

「仕事は二階でしてるんだよ」

咲が弥四郎宅を出て九年、この長屋に越してきて四年になるが、これまで周介が咲の家を訪ねて来たことは一度もない。

「さ、さようで」

咲は周介のかつての兄弟子だが、今は中年増《ちゅうどしま》とはいえ女には違いない。落ち着きがないのは、一人暮らしの女の家だからかと思いきや、どうも違うようである。

「どうしたのさ？　親方は一体なんと？」

「親方は、その、仕事場を見て来いと……」

「仕事場を？」

百歩――否、千歩譲って「仕事ぶり」ならまだ判らぬでもないが、「仕事場」というのが腑《ふ》に落ちない。

「周介さん、つまらない嘘《うそ》はやめとくれ」

声を低めて見据えると、周介は首をすくめてうなだれた。

「実は、謙太郎《けんたろう》さんの言いつけで」

謙太郎は咲と同い年だが、咲よりも早く見習いから弟子になったため、咲にとっては兄弟子だ。

「謙太郎さんが？」

「……啓吾《けいご》さんがいなくなったんです」

「なんですって？」

一昨日《おととい》、昼過ぎに出かけて行ったきりだという。

「私はちょうど啓吾さんが出かけるところをちらりと見かけたんですが、風呂敷《ふろしき》包みを持っていて……でもほんの小さな、着物か帯の包みに見えたので気に留めていなかったんです。ですが六ツが鳴っても帰らないもんだから、何かあったんじゃないかとみんなで話していると、お千紗《ちさ》さんが寝間で置き文を見つけたと……文には『しばらく留守にする』とだけ書かれていました」

千紗というのは啓吾の妻だ。

「なんだ。そんならそのうち帰って来るでしょうよ」

「でも、こんなことは初めてです。行き先も告げずに――二晩も家を空けるなんて。一仕事終えた後なんで息抜きやもしれないですが、次の仕事も控えてますし……ですから謙太郎さんが様子を見て来いと」

「だからって、どうして」

私のところへ――

言いかけて、咲は溜息《ためいき》をついた。

「うちに来る筈《はず》がないじゃないの」

「で、ですが、先だって根津権現《ねづごんげん》でお咲さんに会ってから、啓吾さんはなんだか塞《ふさ》ぎがちで……親方は案ずることないってんですが、お千紗さんがぴりぴりしてまして」

つまり、千紗は啓吾と咲の不義を疑っているというのである。

二階を窺ったのも、啓吾を二階に匿《かくま》っているのではないかと思ったかららしい。

「冗談じゃないよ。根津権現で顔を合わせてから啓吾さんは見てないし、あの時だって四年ぶりだったんだから。ほら！　立って、二階を見ておいで」

二階の仕事場には、大人どころか勘吉さえも隠れられるような場所はない。

周介はのろのろと梯子を上がり、肩から上だけで二階を見やって、誰《だれ》もいないことを見て取った。

「さ、帰って謙太郎さんに、見たまま、聞いたままを伝えとくれ」

お千紗さんにも――という言葉は、思い直して飲み込んだ。

余計な一言は嫉妬《しっと》の火に油を注ぎかねない。

恐縮しながら周介が帰ってしまうと、咲は歌のために描《か》いた松葉の下書きを見つめて改めて溜息をついた。

虫の知らせだったんだろうか……

松葉の意匠で、と歌に言われた時に、とっさに浮かんだのは啓吾の顔だった。

というのも咲もその昔、「影向の松」にかけて「離れ離れにならないよう」啓吾と松葉を贈り合ったことがあったからだ。

女手一つで三人の子育てをしていた母親を助けるべく、咲は他の子供たちより少し早く十歳で弥四郎宅に奉公に出た。

女中奉公の筈が、母親譲りの縫い物の腕に目を留めた弥四郎から刺繡《ししゅう》を教わり、翌年には見習いとして仕事場に出入りを許されるようになった。

弥四郎にとって初めての「女弟子」となったのは十三歳になってからで、その後の五年の間に咲は啓吾への恋心を募らせていった。

咲より二つ年上の啓吾は仕立屋の次男で、咲が奉公に入ったのと同じ年――安永《あんえい》五年に弥四郎に弟子入りした。咲と同じく、だがもっと深く幼い頃《ころ》から縫い物に親しんで育った啓吾は、十五、六歳の時分にはめきめきと頭角を現し、十七歳で子供に恵まれなかった弥四郎の跡を継ぐべく養子になった。

咲の想いが叶《かな》ったのは十八歳になってからだ。

男のあしらい方を覚えたのは独り立ちしてからで、当時まだおぼこだった咲は、男も世間もろくに知らなかった。兄弟子に言い寄られて、ただ慄《おのの》き、身を丸めて拒むことしかできなかった咲を、続く罵詈雑言《ばりぞうごん》から救ってくれたのが啓吾だった。

結句、所業が明らかになった兄弟子は弥四郎宅を去り、そののちすぐに啓吾との縁談が持ち上がった。似たようなことが起きぬよう、咲を「跡継ぎ」の許婚とし、啓吾が一人前になるだろう数年後に祝言を挙げることとしたのだ。

晴れて許婚となったものの、暮らしに変わりはなかった。むしろ親方や他の弟子たちの目を気にして以前よりよそよそしく振る舞うようになった咲たちに、気を利かせた弥四郎が、ある日浅草《あさくさ》への遣いを申し付けた。

忘れもしない、咲が十八歳の夏。

ちょうど今と同じ頃――水無月の二十日だったと、咲は九年前に思いを馳《は》せた。

聖天町《しょうでんちょう》での遣いを済ませると、啓吾は咲を浅草寺《せんそうじ》に誘った。

――義父《とう》さんの許しは得てきたから――

啓吾が弥四郎を「父」と呼ぶのを聞いたのはこの時が初めてで、ただそれだけのことが咲の胸を熱くした。

己が啓吾の妻となること、弥四郎夫妻の娘となること――縫箔師・弥四郎の家に「嫁ぐ」ことが改めてありありと感ぜられたのだ。

聖天町からだと遠回りになるが、浅草広小路まで戻って、広小路から仲見世《なかみせ》をゆっくり啓吾と歩いた。

今でこそ妹の雪《ゆき》を藪入《やぶい》りの後に送ったついでや、ふらりと気晴らしに訪れることもある浅草だが、あの頃の咲には浅草は日本橋同様、近くて遠い特別な場所だった。金も今ほど自由にならず、それは啓吾も同じであった。

広小路の茶屋でささやかに啓吾は握り飯を、咲は団子を食べたが、味はろくに判らなかった。茶屋は父親が生きていた頃に家族でほんの数回訪れただけで、男と二人きりは初めてであった。男女連れは他にもいたが、慣れぬことゆえ周りの目が気になって仕方なく、咲は黙々と団子を食《は》んだ。

私も、相当うぶだったものねぇ……

茶屋どころか、蕎麦屋《そばや》や一膳飯屋《いちぜんめしや》まで一人で平気になった今の己と比べて、咲はつい口角を上げる。

仲見世はそこそこ混んでいたが、咲たちは手もつながず——だが、つかず離れず、二人で店を覗いて回った。

やがて仲見世を抜け、本堂でお参りを済ませると、啓吾は咲を境内《けいだい》の松の木が並ぶ一角にいざなった。

──浅草寺の観音さまが示現された日、この辺りには一夜にして千本もの松林が現れたそうだ──

三日後には天から金の鱗《うろこ》をまとった龍が松林に下り、これが瑞祥《ずいしょう》としてのちに「金龍《きんりゅう》山《ざん》」の山号の由来となった。

そんなことをぽつぽつと話しながら、啓吾は落ちている松葉をいくつか選《え》って、大きめの、つながった二つの葉が綺《き》麗《れい》に揃った松葉を拾った。

懐から懐紙に包んだ物を出すと、松葉と一緒に咲に差し出した。

──小間物でも用意しとけばよかったんだが、何分急な遣いで……その、お咲にも好みがあるだろうから、小間物屋はいずれ義母《かあ》さんとでも一緒に行ってくれ──

──そんなの、いいんですよ──

咲は金の包みを返そうとしたが、啓吾は頑《かたく》なに譲らなかった。

金よりも啓吾が選んでくれた松葉の方が咲には嬉しかった。

──お咲とは八年前に、うちにきてからの付き合いだな──

──ええ──

──……小《こ》岩《いわ》の善養寺《ぜんようじ》というところに三国一の、それこそ「影向の松」と呼ばれる松があるそうだ。いつか一緒に見に行かないか？　まだ大分先になるだろうが、私が一人前になって、祝言を挙げた後の藪入りにでも——

　ええ、と咲は再び頷いた。

　俗に影向の松といえば大和国《やまとのくに》の春日《かすが》神社にある松だ。この松のもとで春日大明神が翁《おきな》の姿で万歳楽《まんざいらく》を舞ったという由緒から、春日神社は能役者を始め、芸事に携わる者たちに殊に信仰されている。能舞台の影向の松も春日神社の松を模したものらしいが、大和国は咲たち江戸者には伊勢《いせ》や京《きよう》と変わらぬ遠い地だ。

　——善養寺は巷では「小岩不動尊」の名でも親しまれていて、山号は「星住山《せいじゆうざん》」というらしい——

　照れ臭そうにもごもごと付け足した啓吾が愛《いと》おしく、咲は腰をかがめて、まだ青々とした、しっかりつながった松葉を選んで啓吾に渡した。

　——星住山へ、いつか——いいえ、早く一緒に参れますように——

　嬉しげにそうした啓吾に倣って、咲も懐紙に受け取った松葉を大事に包んだ。

　その日の夜、部屋に束の間《つかま》忍んで来た啓吾と咲は初めて接吻《せつぷん》を交わした。

　啓吾との最初で最後の接吻だった。

　のちに破談となった咲たちが共に小岩に行くことはなかった。

　破談となった後も、咲は未練がましくこの日の松葉をとっておいたのだが、三年後に啓吾の嫁取りと己の独り立ちが決まった折に、啓吾の道具箱にこっそり返して弥四郎のもとを去った。

翌日。

朝のうちに咲は、半襟のための布を求めて太物屋に出向いた。
歌から聞いた彰久の着物に合わせやすいように、地色は白練《しろねり》よりも白鼠《しろねず》色にすることにした。

他にも守り袋や巾着用の布地を仕入れて長屋に戻り、路の家で子供たちと一緒に昼餉《ひるげ》を食べたが、どうも今一つ気が乗らない。

意匠の下描きを描き直しつつ、青から緑色の糸をいくつも引っ張り出したものの、半刻ほどすると諦《あきら》めて、咲は巾着を手に再び表へ出た。

「おさきさん、またおでかけ？」

ちょうど厠《かわや》に行った帰りらしい勘吉が、目ざとく駆け寄って来て問うた。

「うん。ちょいとまた出て来るよ」

「おしごと？」

「そうさねぇ。仕事っちゃあ、仕事かね」

同行したかったのか、勘吉が眉尻《まゆじり》を下げると、路が苦笑しながら追いついて来た。

「どうせあんたはそろそろおねむでしょ？」

「ねむくない。おいら、ねむくないよ」

首を振る勘吉の肩へ、路は笑って手をかける。

「眠くなくても、お仕事の邪魔はいけません」

勘吉は小さくむくれたが、すぐに気を取り直したように咲を見上げた。

「いってらっしゃい、おさきさん」

「はい。行って来ます」

十軒店《じっけんだな》にでも行こうかと、南側の井戸に近い木戸から咲は通りに出たが、すぐに思い直して東へ折れた。

どことなく修次を避けたい気持ちがあった。

仕事に打ち込めないのは啓吾を案じているからだ。

啓吾との恋はとうに想い出となっているが、今も尚《なお》、敬慕する兄弟子であることに変わりはない。だからといって、いい大人を案じて気がそぞろになる己を咲は恥じていて、そんな己の弱さをそれとなくでも修次に悟られたくはなかった。

四町ほど東へ進んでから北へ折れると、柳原《やなぎわら》の和泉橋《いずみばし》から一町ほど東側に出る。ちらりと西の稲荷《いなり》神社の方を見やったが、修次もしろとましろの姿もなく、何やらほっとしながら咲は柳原を更に東に向かって歩き始めた。

浅草寺に行ってみようと思い立ったのだ。

未練からではない。浅草へ遣いに行ったことなど、もう随分長いこと忘れていた。歌があまりにも初々しかったのと「松葉」という注文ゆえに、似たような年頃だった己を思い出しただけである。

昨日に続いて、想い出をなぞることで、より歌の気持ち――ただ一途《いちず》に誰かを想う恋心――に寄り添った仕事ができるような気がした。

つい三日前にも訪れた両国広小路《りょうごくひろこうじ》から浅草御門を抜けて、咲にしてはのんびりと北へ歩いた。

浅草寺は弥四郎宅を出てから幾度となく訪れている。浅草広小路の啓吾とひとときを過ごした茶屋は大分前に人手に渡ったようで幟《のぼり》や野点傘《のだてがさ》が変わっているし、松の木がある一角も既に少し様変わりしているのを咲は知っていた。

茶屋を横目に通り過ぎ、仲見世を軽く流して浅草寺を詣《もう》でた。

あれからもう九年か……

想い出の松の木の下で咲はかがんで、あの日そうしたように、青くしっかりつながった松葉を探した。

——と、ふいに聞き慣れぬ声に名前を呼ばれた。

ゆっくり歩み寄って来る女が啓吾の妻の千紗だと気付いて、咲は慌てて身を起こす。

「お千紗さん——」

奇遇ですね、と続けようとして、本当に偶然なのかと疑った咲に、千紗の方からそうでないことを告げられた。

「昨日、周介さんがお訪ねしたそうですね。不躾なことをしたものだと、お詫《わ》びに長屋に伺ったのですが、ちょうどお咲さんが出ていらして……どうも声をかけづらく、つい後を追ってここまで来てしまいました」

「さようで」

後をつけられていたとは露ほども知らず、咲は精一杯さりげなく相槌《あいづち》を打った。

独り立ちして以来顔を合わせていなかったが、千紗は咲より一つ年下の二十六歳。桶《おけ》師《し》の三女で、町の顔役のつてで啓吾と縁を結んだ。既に男女二児の子供に恵まれていて、六年前よりやや肉置《ししお》きがよくなったようだが、もともと細身だったがゆえに咲とさほど変わらない。色白で細面、しとやかな印象もそのままだ。

次の言葉に迷う千紗に、今度は咲の方から口を開いた。

「周介さんから、啓吾さんが行方知れずだとお聞きしました。まだお帰りになっていないのですね?」

口をつぐんだまま千紗が小さく頷く。

「啓吾さんは弥生《やよい》に根津権現で、親方とご一緒のところを見かけたきりですが、何やら顔色が悪いようにお見受けしました。親方は『案ずることない』と言っているそうなので、もしや親方にだけ告げて、湯治にでも出かけているのではありませんか?」

「……湯治なら、私やお弟子さんに内緒にすることはありませんでしょう?」

静かではあるが、嫉妬が滲《にじ》んだ声で千紗は言った。

やはり不義を疑われているらしいが、咲には身に覚えのないことである。

「さようでございますね。差し出がましいことを申しました」

殊更丁寧に応えてみると、千紗はしばし躊躇《ためら》ったのちに切り出した。

「どうも……目を悪くしているのではないのかと思うのです」

「目を?」

思わず上ずった声が出た。

「一度問うてみましたが、はぐらかされました。次の藪入りには義父《ちち》の跡を継ぎ、四代目を名乗ることになっているというのに……」

次の藪入りは文月《ふづき》十六日で、あと一月《ひとつき》もない。

それよりも。

目を悪くしているというのが本当なら――

血の気が引く思いがした。

手が利かなくなったら。

目が見えなくなったら。

仕事をしながら時折そんなことを考えては、身を震わせることがある。

手や目が利かなくともできる仕事はなくはない。だが、縫箔師ではいられぬだろう。

見習いになってから十五年も縫箔一筋に生きてきた咲には、利き手や目を失うことが何よりも恐ろしい。

啓吾さんだって……

目を患っているのなら、啓吾が姿を消したのも無理はないと咲は思った。己よりも長く、深く、縫箔に携わってきた啓吾だ。気を静め、これからのことをしばしじっくり考えたいに違いない。

啓吾の苦悩を推し量ってつい黙り込んでしまった咲に、千紗はますます疑いの念を強くしたようだ。

「本当にご存じないんですか？　もしやあの人とここで落ち合うつもりでは？」

「まさか」

言下に否定したものの、ここでの啓吾との想い出を見透かされた気がして、咲は内心うろたえた。

その勘はあながち外れていなかったらしく、足元に落ちているいくつもの松葉を見やって千紗は言った。

「嫁いですぐ、あの人の簞笥の中に懐紙に包んだ松葉があるのを見つけたんです。なんてことない落ち葉に見えましたが、松葉は夫婦円満の縁起物ですから、あの人なりの験担ぎかと思いました。二包みあったから、いずれ私に一つくださるのかと……」

啓吾もまた、破談の後もあの松葉をずっと持っていて、咲が返した松葉と共に簞笥に仕舞い込んでいたらしい。

「ですがしばらく経ってもそんな素振りはなく、もしや忘れているのかと、それとなく能の舞台に描かれている影向の松を話の種にしてみたところ、いつの間にやら包みは二つともなくなっていました」

未練……だったのだろうか。

——そのつもりだったけど、振られちまって——

妹の雪が、どうして姉を娶《めと》らなかったのかと問うた際に、啓吾はそう応えたそうだ。

だが、振られたのは咲の方だ。

——片手間にできるのなら縫箔を続けてもいい。だが、義母さんのように家のこと、弟子たちの世話をまず考えてくれ——

そう言って、啓吾は咲に「縫箔師」であるより「妻」であるよう無理難題を吹っかけたのだから。

それにしても迂闊《うかつ》なことを……

溜息をつきたくなるのを咲は押し留《とど》めた。

啓吾の本心は判らぬが、己が千紗であっても同じように松葉の包みに一喜一憂したことだろう。また、こうして己が今——啓吾が行方知れずの折に——松葉拾いに興じているのも疑わしく思うに違いない。

しかし松葉を返してからもう六年、破談になってからは九年になる。

「私が啓吾さんの許婚だったのは九年も前で、ほんの束の間です。啓吾さんには兄弟子としてずっと尊敬の念を抱いておりましたが、許婚になってみるとどうもそりが合わなくて……話が進まぬうちにすぐに元通りになりました」

一度接吻を交わしただけだ。

たった一度、私が啓吾さんより縫箔を選ぶずっと前に――

「もうとうに過ぎた話です」

本当のことゆえ、咲は躊躇うことなく千紗をまっすぐ見つめて言った。

「啓吾さんが早くお戻りになられるよう祈っております。目のことも一時の疲れでありますように――」

当たり障りのないことを口にした咲を小さく睨《にら》んで、千紗は嫉妬をあらわにした。

「……焼けぼっくいに火がつくことだってありましょう」

つぶやくように言いながら、千紗は腰をかがめて落ちていた松葉を一つ拾った。

手のひらに乗せたそれをじっとしばし見つめたのちに、おもむろにつながっている二つの葉を両手で引き裂き地面に散らす。

「根津権現から戻った日、あの人、少しいつもと様子が違っていました。訊《たず》ねてみたら、お咲さんを見かけたと」

「ええ。ですが、親方と挨拶《あいさつ》を交わしただけですし、啓吾さんとは一言も――」

「今更こんなことは困ります」

咲を遮って千紗は言った。

「義父の跡はあの人が、あの人の跡は息子が継いで、弥四郎の名を守っていくのですから……」

剝《む》き出しの嫉妬も、夫より子供の行く末を案じているがゆえなのかと、咲はつい冷ややかになる。しかし己には啓吾は「縫箔師」にして「兄弟子」であっても、千紗にとっては「縫箔師」である前に、「夫」であり「我が子の父親」でもあるのだろう。

それにしてもどう切り抜けたものか――

返答に迷ったところへ、今度は修次の声が咲を呼んだ。


「やあ、お咲さん。待たせちまったか？　こっち側にいるたぁ思わなくてよ。ちと探しちまった」

待ち合わせのごとく現れて、修次は千紗に微笑んだ。

「錺師の修次といいやす。お咲さんとはその……」

含みをもたせて言葉を濁した修次に、千紗は驚きを隠さなかった。

「どうも……私はもうお暇しますので、どうぞお二人でごゆっくり」

名乗りもせずに短く暇を告げると、千紗はそそくさと帰って行った。

「知り合いかい？」

「兄弟子のおかみさんだよ」

「兄弟子っていうと、連雀町《れんじやくちよう》の？」

「うん」

思わぬ成り行きで千紗から逃れることができたが、手放しでは喜べなかった。

むしろ、何やら得意げな修次に腹が立ってきて、咲はつっけんどんに修次に問うた。

「こんなところで何してんのさ？」

「何って、その……おい、しろにましろ！」

修次が呼ぶと、五重塔の陰からしろとましろが顔を覗かせる。

「もういいの？」

「もう隠れてなくていいの？」

聞けばしろとましろがまず両国広小路で修次を見つけ、三人で見世物を見物するうちに通りかかった咲に気付いたのだが、声をかける前に修次が止めたそうである。

「後ろからあの女が追って来るのが見えたからよ。なんだかおっかねぇ顔してさ」

修次が言うと、しろとましろも大きく頷く。

「うん、おっかない顔してた」

「おっかない顔して咲を見てた」

つまり三人は両国広小路から、咲と千紗の更に後をつけて来たのだった。

「だからって、余計な真似はよしとくれよ」

助かったのは確かだが、たとえ方便でも自分たちがまるで相思のごとく語ったのはいただけない。

「ずっと盗み聞きしてたのかい？」

「いやそれが、声が遠くてちっとも……すまねぇ。なんだか困ってるようだったからつい声をかけちまった」

修次はあっさり詫びたが、それはそれで気まずかった。

咲と修次を交互に見やって、しろとましろがそれぞれ口を開く。

「黙ってたら、お稲荷さん食べさせてくれるって言ったよ」

「隠れてたら、後でお稲荷さん食べさせてくれるって」

「だからおいらたち黙ってたんだ」

「咲にばれないように隠れてたんだ」

「ああ、うん。お稲荷さんはちゃんと食わしてやっから案ずるな。――なぁ、お咲さん、立ち話もなんだから、『三全屋《さんぜんや》』に行かねぇか？」

三全屋は東仲町《ひがしなかちょう》にある飯屋で、稲荷寿司《ずし》も出している。咲は弥生に修次に誘われて、一度この店を訪ねたことがあった。

「立ち話も何も、あんたに話すことなんかないよ」

「俺《おれ》がお咲さんに話があるんだよ」

そう言って修次は人懐こい笑みを浮かべたが、咲は小さく首を振った。

「気晴らしにちょいと出て来ただけなんだ。もう油は充分売ったから、今日はとっとと帰るとするよ」

「――そうかい」

落胆した修次とは裏腹に、双子は声を弾ませた。

「じゃあ、おいらが咲の分も食べる」

「おいらも食べる」

「半分こ」

「咲の分はおいらたちで半分こ」

忍び笑いを漏らすと、しろとましろは両脇《りょうわき》から修次の手を取った。

「行こう、修次」

「早くお稲荷さん食べに行こう」

「じゃあな、咲」

「またな、咲」

「ああ、お咲さん、そんじゃあまた今度――」

双子に引っ張られて行く修次を見送ってから、咲ものろのろと家路についた。

⊗

気晴らしのつもりが、かえって悶々《もんもん》として咲が長屋に戻ると、弟の太一《たいち》が来ていた。

「どうしたんだい？　何をやらかしたのさ？」

「何って――祝言の段取りの相談に来たんだよ」

苦笑しながら応えた太一に、塞いでいた胸がみるみる晴れる。

来月の藪入りに太一は塗物師として独り立ちし、同時に桂《けい》という菓子屋の娘を娶ることになっている。

「なんだ。でも、もうあと一月もないものね」

宝蔵門《ほうぞうもん》を出てからは脇目も振らず帰って来たため、長屋の皆への土産《みやげ》を咲はすっかり忘れていたが、幸い太一が桂の実方《じつかた》の菓子屋・五十嵐《いがらし》に寄って来たという。

手土産にかこつけて桂に会いたかったのもあろうが、既に居職組《いじょく》には挨拶がてらに菓子を配って回ったと聞いて咲は何やら誇らしい。太一ももう二十三歳で、いっぱしの大人なのだと頭では判っているのだが、咲がふと思い出す太一は概《おおむ》ね奉公にいったばかりの少年の姿をしている。

でも太一も来月には祝言か――

菓子を挟んで改めて太一と向かい合うと、太一もまた照れ臭そうに切り出した。

「下白壁町《しもしろかべちょう》の長屋は六日後にはもう空くそうなんだ。だから文月まで待たずともいいってんで、俺はちょいと先にそっちに越すよ」

「そうかい」

太一の師匠の景三《けいぞう》宅は塗師《ぬし》が多く住むその名も塗師町《しちょう》にある。下白壁町は大通りを挟んで一町ほど東になるが、こちらの方が咲の長屋がある平永町《ひらながちょう》にはその分近い。

「今住んでるのはむさ苦しいおやっさんだからよ。その、悪《わり》ぃが姉さん、手空《てす》きの時に掃除を手伝ってくんねぇか？　俺じゃあ行き届かねぇところがあるだろうからよ」

「もちろんだよ」

両親が健在だったら、太一は今頃蒔絵師《まきえし》だった父親の跡を継いで、両親と共に住んでいたあの二階建て長屋で桂を迎えたことだろう。母親を亡くしてからは咲の住む弥四郎宅や長屋が太一や雪の藪入りの帰省先になっていたが、嫁取りとなると別である。独り立ちにあたって、景三が請人となって太一は新たに二階建て長屋を借り、祝言も新しい家で挙げる手筈になっている。

姑《しゅうとめ》や舅《しゅうと》がいないのは桂には気楽やもしれない。だが、「むさ苦しい」ところへ迎え入れる訳にはいかぬと、咲は早くも掃除の算段に頭を巡らせた。

「畳屋」

「うん？」

「そんな家なら、まずは畳を張り替えないと。二階建てだとうちと一緒かねぇ？」

となると上下合わせて八畳になり、古い方を売っても二分ほどかかりそうだが、親代わりとしてはこれも見栄《みえ》の内である。

「そうまでしなくったっていいだろう」

「莫迦《ばか》をお言い。よそさまの大事な娘さんをお嫁にいただくんだ。こ汚い男が使ってた畳には上げられないよ」

「まったく姉さんときたら――気持ちはありがてぇが、そう勇み立つのはやめてくれ」

太一が笑い出すと、隣りの福久《ふく》にも聞こえていたのか微かに噴き出す音がした。

咲もつられて笑ったが、畳替えはしっかり支度として胸の内に書き留める。

家具や夜具を始め、暮らしに必要な物は「嫁入り道具」として五十嵐が用意することになっているものの、祝言の支度はこちら持ちだ。加えて、咲は祝い金と二人分の着物を贈るつもりで着物はもう仕立ててあった。

祝言といっても身内のみのささやかなものなのだが、祝い膳の品書きやら、貸し物屋から借りるものやらを書き付けておいた紙を太一に見せた。

「食べ物はもう三吉《さんきち》さんのところに頼んであるからね。新しい長屋のみんなのためにも、お酒は多めに注文するから」

「うん。姉さんのすることだ。案じちゃいねぇよ、俺も、お桂も」

苦笑交じりに言ってから、居住まいを改めて太一が言った。

「――それより、修次さんとやらのことを教えてくんな」

「なんだって？」

「なんでも、腕のいい錺師だとか」

咲の帰りを待つ間に、路やしま、福久、そして勘吉から修次のことを聞いたという。

「もう、みんな――修次さんとはそういう仲じゃないんだよ」

「じゃあ、どういう仲なんだ？　長屋の外でも会ってるってぇじゃねぇか」

「そりゃ、同じ小間物屋に出入りしてるんだもの」

「だからって二人きりで出かけたりしねぇだろう。いい歳《とし》した男と女が……ああいや、咎《とが》める気はこれっぽっちもねぇんだよ。ただ、そういうお人がいるんなら、姉さんもとっとと身を固めちまえばいいんじゃねぇかと……」

「だから、そういうお人じゃないんだよ。二人きりで出かけたのなんてほんの幾度かで、いつもはその……お仲間と一緒のことが多いしね」

まさに先ほどの、しろとましろを連れた修次を思い出して咲は言った。

「お仲間？」

「そうそう、私にもいろんな知り合いがいるんだよ。修次さんは職人仲間さ。作る物は違っても、いい物や職人からは何かと学ぶことがあるもんさ」

眉根を寄せた太一に、咲はもっともらしく付け加えた。

「あんたは知らないだろうけど、修次さんは小間物屋では引く手数多《あまた》の職人さ。残念ながら私は一つも持っちゃいないけど、いつか目にすることがあったらじっくり見てみるといい。ああ、それよりもお桂さんに問うてみちゃどうだい？　お桂さんなら修次さんの名を聞いてるやもしれないし、簪の一つも持ってるやもしれないよ」

「お桂にねぇ……」

まだ何か言いたげだったが、気を取り直したように太一は言った。

「お桂といや、その巾着には大分感心してたよ」

今日の巾着は、睦月《むつき》に五十嵐との顔合わせに持って行った物と同じであった。もちろん咲の手作りで、鳥の子色を地色とし、柳とその合間を飛び交う数羽の雀《すずめ》の縫箔を表にも裏にも入れてある。

「縫箔師だとは伝えてあったが、顔合わせまでなんだか半信半疑だったみてぇでよ。ほら、女の縫箔師なんてそういねぇ――ううん、姉さんくらいなもんだろう、江戸中を探してもよ」

「そうだねぇ」

「あんまりびっくりしたもんだから、あん時は言えなかったたってのさ。親父《おやじ》さんたちもおんなじで、つまらねぇ世辞は言えねぇと考えあぐねているうちに、顔合わせが終わっちまったたって。だから今日はよろしく伝えてくれと言われたよ」

「はは、そりゃ嬉しいね」

睦月の顔合わせが思い出されて咲は微笑んだ。

顔合わせは大伝馬町《おおでんまちょう》にある五十嵐で行った。こちらは師匠の景三、太一、咲の三人で、向こうは父母と兄、桂の四人だった。

桂の父親は三吉ほどではないが背が高く大柄な男で、母親も五尺六寸はありそうだった。兄はひょろり、桂はすらりとやはり並より背が高くて、桂は太一とも一寸余りしか変わらぬようだったが、仕草や笑顔に愛嬌《あいきょう》があり、受け答えも気持ちのよい娘で咲は喜びを隠せなかった。

「そのうち、あいつの名に合わせて桂花《けいか》の巾着でも注文すっからよ。そんときゃとびきりのを作ってやってくれ」

「そんならお祝いにしたげるよ。今からならまだ充分間に合うさ」

喜ぶかと思いきや、太一は小さく首を振った。

「いや、そいつは駄目だ。今日は巾着をねだりに来たんじゃねぇんだよ」

「判ってるよ」

「いや、判ってねぇ」

混ぜっ返して太一は照れた笑みを浮かべた。

「姉さんは着物を用意してくれるって言ったろう。此度はそれで充分だ。縫箔じゃなくってもよ、そうそうただ働きはさせられねぇや。俺は塗物、姉さんは縫箔と、物は違うが、姉さんはもうとっくに一人前なんだからよ。それに俺ぁ、俺がちゃんと稼いでお桂に贈り物をしたいんだ。姉さんのじゃなくて、縫箔師お咲さんの巾着をさ」

「そりゃどうもあんがとさん」

軽口で応えたものの、照れ臭さを隠すために咲は立ち上がって簞笥の上に置いていた松葉の下描きを持って来た。

意匠の下描きを見せながら、歌もまた己の小遣いで許婚への贈り物をあつらえようとしていることを話すと、太一は下描きを手にして微笑んだ。

「離れ離れにならねぇようにか……」

「あんたも何か気の利いた贈り物を用意しちゃどうだい？」

「贈り物ってんじゃねぇんだが、俺だってちったぁ考えてるさ」

「へぇ、あんたがかい？」

鍋《なべ》やら茶器やらは桂に任せているものの、塗物師として箱膳に夫婦椀《めおとわん》と箸《はし》は太一が己で手がけた物を用意したという。

「毎日使うもんだから、余計な文様はいらねぇってお桂が言うんで……色がちっと違うだけでなんの変哲もねぇもんだが、お桂の注文通り、そっくりおんなじのを二つずつこしらえたさ。その、これもお桂の注文で、俺の銘を入れたやつをよ」

「おや、そいつはごちそうさまだね」

「な、なんでぇ。俺ぁただ——」

ささやかなのろけ話をからかわれ、ほんのり頬を染めた太一が歌と重なる。

にやにやしながら、咲は手土産の薄皮饅頭《まんじゅう》を口に運んだ。

夕餉《ゆうげ》を共にしてから太一が帰ると、咲はその晩のうちに下描きをまた幾枚か描いた。

これと決めた下描きを念頭に、夜具の中で色合いを考えながら眠りについて、翌朝、朝餉《あさげ》を済ませると早速半襟を縫い始めた。

浅草寺での落ち葉を思い出しながら、松葉の形は揃えずに、だが対《つい》のものだけを無造作に散らした。

葉は細いが一色では味気ないと、少し糸を変えて濃淡を出す。色合いも初めは青から緑と、若々しい色のみで仕上げようとしていたが、今だけでなく老いても仲睦《むつ》まじくあるよう願いを込めて、僅《わず》かながら茶色くなった葉も混ぜてみた。

あまりきらびやかだと若い彰久にはかえって似合わぬだろう。ゆえに箔は半襟の外側の、着物の襟から覗くかどうかという松葉に主に入れてあまり目立たぬようにした。

時折啓吾や千紗を思い出したが、太一が言ったように咲はもうとっくに一人前だ。雑念はひたすら手を動かすことで追い払い、代わりに歌と彰久、太一と桂と、若い二組の夫婦のこれからに思いを馳せた。

飯もそこそこに一日中ちくちく針を進めて、二日のうちに半襟を仕上げると、次の日の昼下がりに咲はまずは桝田屋《ますだや》へ向かった。

「あら、お咲さん」

「お忙しいところすみません」

「ううん。ちょうどお咲さんに会いたいと思っていたのよ。だって——」

美弥《みや》が言いかけた矢先に新しい客がやって来て、咲は上がりかまちに腰を下ろした。

巾着を納めるついでに美弥に半襟を見てもらいたかったが、一人、二人と客が途切れずに暖簾《のれん》をくぐって来るものだから、ひとときと待たずに咲は暇を切り出した。

売れた守り袋の代金も次に訪れた折にもらうことにして、客に遠慮しながら巾着を納めると、咲は早々に桝田屋を後にした。

桝田屋のある万町《よろずちょう》を含めて日本橋の南北にわたるいわゆる「日本橋」はよく訪れるものの、歌の住む弓町《ゆみちょう》がある京橋界隈《きょうばしかいわい》には滅多に足を伸ばすことがない。

万町の角を曲がって大通りから一本東の道をのんびり南へ歩いて行くと、箔屋町《はくやちょう》に差しかかったところで、咲はしろとましろを見つけた。

箔屋町はかつて箔座が置かれていた土地で、箔打職人が多く住んでいた。しかし箔座はもう八十年余り前に廃止され、今は表通りには様々な店が並んで、辺りの町同様に買い物客で賑《にぎ》わっている。

しろとましろは煙草問屋《タバコどんや》と思《おぼ》しき店の前にいた。

店の親爺《おやじ》がぷかりぷかりと煙の輪を吹かすのにしばし見入ったのちに、左側のおそらくましろが右側にいるおそらくしろを小突いて歩き出す。

声をかけようか迷ったが、三日前の浅草が思い出されてどうも気まずい。

それよりも、今日は私が一丁後をつけてやろう――

美弥とおしゃべりできなかった分、暇がなくもない。これからは夕刻までに半襟を納めに行って帰るのみで、仕事に戻るつもりもなかった。

双子は引きも切らぬ人通りの中を、淀《よど》みない足取りで歩いて行く。時に誘われるように通りを東へ西へと渡って、生薬屋やら扇屋やらを覗くのが見えたが長居はしない。

やがて中《なか》ノ橋《はし》を渡ると、双子はすぐに東へ折れた。

一体どこへ遊びに行くのやら……

弓町は大通りの西側ゆえ方角は正反対となるが、つい先ほど八ツを聞いたばかりでまだ陽《ひ》は高い。あと半刻ほどなら構わぬだろうと、咲も双子を追って東へ向かった。

白魚屋敷《しらうおやしき》を通り過ぎ、二人が真福寺橋《しんぷくじばし》を渡って行くのを見て咲はぴんときた。

真福寺橋の東側は南八丁堀《みなみはっちょうぼり》で、堀沿いをまっすぐ八町ほど行くと稲荷橋の袂《たもと》の向こうに湊稲荷《みなといなり》がある。

これは「お遣い」に違いない――

湊稲荷までなら道はまっすぐで迷いようがない。しろとましろに気付かれぬよう咲は半町は離れて後を歩いた。

双子は寄り道せずに八丁堀の中ノ橋を横目に通り過ぎ、だが稲荷橋の袂で丸く佇《たたず》んでいた虎《とら》猫に歩み寄った。

虎猫を囲むように二人してしゃがみ込み、何やら熱心に話しかけている。

やがて虎猫がのっそりと立ち上がり、稲荷橋を北へと渡って行くのが見えた。虎猫を見送ると、双子は咲の推し当て通り湊稲荷の南側――鳥居の方へと回って行く。

咲も稲荷橋の手前までは足を速めたものの、鳥居の前ではしばし躊躇った。

――秘密――

――秘密――

なんの遣いかと問うた咲に、しろとましろは二人してそう応えた。

もしもこれが「お遣い」なら、双子の「秘密」を覗くような真似は気が引ける。

咲と修次はしろとましろが神狐《しんこ》の化身だと信じているが、しろとましろは咲たちに気付かれているとは思っていないようだ。無闇に探りを入れると、木幡狐《こわたぎつね》のようになんらかのきっかけで正体が明るみに出るのを恐れて、二人は咲たちの前から姿を消してしまうやもしれなかった。

だが稲荷そのものは誰でも出入りでき、参拝者もちらほらといる。

お参りだけならなんの障りもあるまいと、咲は意を決して鳥居をくぐった。

おそるおそる辺りを見回すも、しろとましろの姿はどこにもない。

本殿に歩み寄り、賽銭箱《さいせんばこ》の向こうや左右を窺ったがやはり双子は見当たらなかった。

――が。

「お咲……？」

つぶやきのごとき声に振り向くと、東側の木陰から啓吾が姿を現した。


「どうしてここに？」

「どうしてって……啓吾さんこそ」

平静を装って応えながら、啓吾が歩み寄って来るのをじっと待った。

「空合がいいから、西本願寺《にしほんがんじ》からぐるりと海を見ながら歩いて来たんだ。ついでに富士塚から富士を見るのも乙かと思ってな」

一間ほどまで近付いてから啓吾が言った。

湊稲荷には富士山の溶岩で作られた富士塚があり、江戸にいながら富士詣ができると人気なのだが、富士詣でよりも湊稲荷より南にある「西本願寺から」来たというのが気になった。

周介が長屋を訪ねて来てから四日、啓吾が行方知れずとなってから六日になる。

「西本願寺には、おうちから？」

身綺麗で風呂敷包み一つしか持っていないことから既に家に戻ったのかとも思ったが、はっとした啓吾を見てそうではないことを悟った。

「四日前に周介さんがうちに来たんです。啓吾さんが行方知れずになったと案じていました」

「行方知れずだなんて大げさな」

「でも、おうちにはお帰りになっていないんでしょう？」

曖昧《あいまい》に頷いた啓吾の目元には、先だって根津権現で会った時と同じく明らかな隈《くま》が窺える。顔色は前ほど悪くないようだが、どことなく疲れ――もしくは迷い――が滲み出ていた。

――目を悪くしているのではないのかと思うのです――

千紗の言ったことが本当かどうか問うてみたいが、千紗から聞いたとは言いにくい。

だが、躊躇いながらも啓吾の方から切り出した。

「どうも目の具合が悪くてな。この分だと、そのうちすっかり見えなくなりそうだ」

「そんな」

予期していたこととはいえ、直に告げられて咲はうろたえた。

一昨年前から左目に小さな影が見え始め、いまや視界の三割ほどにも広がっているそうである。

「春先からは、右の目にも影がちらつき始めて……」

同じようにして盲目になった者を咲は幾人か知っている。少しずつやもしれぬが悪化は避けられぬだろうということも。

「今はまだ仕事に差し障りはないんだが、そう遠くないうちに縫箔どころか日々の暮らしにも困るようになるだろう」

淡々とした口調であったが、縫箔への強い未練は隠しきれていなかった。

「お医者さんには？」

六日も留守にしていたのなら、それこそ医者の勧めで湯治にでも出かけたのかと思ったが、啓吾は小さく首を振った。

「診せたところでそう変わりはあるまいよ。留守にしていたのは、松本《まつもと》さんのご隠居と小岩に行っていたからさ」

能役者の松本惣六《そうろく》の父親で既に隠居した惣兵衛《そうべえ》が、善養寺に行きたいというのへ同行したというのである。

「もしや影向の松のために？」

「この世の見納めにと……ああ、私ではなく惣兵衛さんが」

惣兵衛もまた大分前から目を患っており、今は人や物の影がぼんやりと映るくらいでほとんど見えていないらしい。

月の頭に惣六の着物のことで松本家を訪れた啓吾は、惣兵衛が小岩に影向の松を見に行きたいと願っていることを知った。

「隠居する前に二度訪れたそうだが、最後にもう一度あの松を見に――いや、松におわす神さまに会いに行きたいと……だが、惣六さんはなかなか都合がつかないと言うので私が同道を申し出たんだ。私も一度は訪ねてみたかったから、渡りに船だと思ってな。家の者にきちんと伝えておけばよかったんだが、なんだか言いにくかったんだ」

「そう……」

六日前、着替えと金を少々持って啓吾は家を出た。その日は三十間堀《さんじっけんぼり》にある惣兵衛の隠居宅に泊まり込み、翌日は道中の亀戸《かめいど》で一泊、小岩でも二泊、帰りに再び亀戸で一泊したのちに、昨日惣兵衛宅に戻って来たそうである。

目のことは、惣兵衛には道中で打ち明けたという。

「同情してくだすったんだろう。なんならもうしばらくゆっくりしていくがいいと言われたんだが、流石にそろそろ帰らねばならん。だが、どうも帰りづらくて朝から増上寺《ぞうじょうじ》、それから西本願寺と巡って来たんだ」

微苦笑を浮かべて啓吾は言った。

「……影向の松はどうでした？」

咲が問うと、啓吾は更に苦笑した。

「そりゃあ大きな松だった。少なくとも三百年は前からあるそうで、三間ほども高く、幹も抱えきれないほど太かった。だが、あの松に神さまがおわすかどうかは、残念ながら私には——おそらく惣兵衛さんにも——判らなかったよ」

惣兵衛が以前影向の松を訪ねたのは、能役者として一人前になった折、それから啓吾のように目を失うと悟った折だった。

啓吾も神仏に祈っただろう。

神仏に問うたであろう。

何ゆえなのか？

老いればいずれは針が持てなくなる時がくるというのに、何ゆえ己は今、生き甲斐《がい》を奪われようとしているのか……

「惣兵衛さんの家には舞台を模した板間があって、今でも時折、一人で舞っていると仰《おっしゃ》っていた。舞台の大きさは身体《からだ》が覚えているから、本物の舞台で舞っても足を踏み外すようなことはないそうだが、人にはとても見せられたものではない、と」

生半なものは見せられぬと総兵衛が隠居を決めたように、啓吾にも縫箔師の矜持《きょうじ》がある筈だ。満足いく物が作れなくなれば縫箔師の看板は下ろさざるを得ないだろうが、同時に捨て難い針への葛藤《かっとう》が痛いほど咲には判る。

松竹に鶴《つる》。

扇に梅と春草。

杜若《かきつばた》に御所車――

弥四郎のもと、啓吾や他の弟子たちと仕上げた着物が次々と思い出されて咲の胸を締め付けた。

糸や針目をそっくり揃えることもあれば、濃淡や奥行きを出すために糸を変え針目を変えることもある。己の指先が紡ぐ一針一針が、花だの鳥だの形になっていく喜びを静かに感じ取りながら、皆黙々と針を動かしていた。

縫箔への熱意は啓吾に負けぬつもりだが、啓吾が弥四郎の養子になって十二年が経っている。弥四郎の名を継ぎ、親方となって弟子たちを導くべく生きてきた啓吾と咲とでは、これまでに背負ってきたもの、これから背負っていくものがまるで違う。

つい黙り込んでしまった咲に啓吾が言った。

「……お咲とは、一緒に善養寺に行こうと話したことがあったな」

「ええ。もう大分前に、浅草で」

「そうだ。親方の遣いで聖天町に行った帰りだった」

懐かしげに微笑んだ啓吾に、ふいにあの日に戻ったかのように咲は立ち尽くした。

西に傾き、落ちていくだけの陽が急に暑さを増したように感ぜられる。

汗ばむ首筋を拭《ぬぐ》いたかったが、啓吾から目をそらすのは躊躇われた。

「お咲……浅草に行かないか？」

「今からですか？」

歌を訪ねるのは日を改めてもいいのだが、ここから浅草寺までゆうに一里はある。着くまでに七ツを聞こうし、帰りは六ツを過ぎるだろう。

何より、啓吾さんと二人きりでは……

「今日はやはり、帰るのはよそうと思うんだ。その、浅草なら旅籠《はたご》もすぐに見つかるだろうし……」

誘われているのだと悟った途端、一度だけ交わした接吻が思い出された。

おぼこだった咲とは違い、啓吾はとうに筆おろしを済ませていて接吻も初めてではなかったろうに、今思い返せばやけにぎこちなく、それゆえに偽りのない想いが強く伝わってきたものだ。

未練はない、とうに過ぎたことだと思ってきたのに、今になってどうしたことか。

もしや心底では、まだ啓吾への想いが燻《くすぶ》っていたのだろうかと、やや失望に似た迷いが胸をよぎる。

だが、それもほんのひとときだった。

不義を犯すのは不埒《ふらち》千万な上、己が抱いているのは恋情ならぬ憐情《れんじょう》だ。

啓吾の力になりたいという気持ちに嘘はないのだが、男に対する愛おしさからではなかった。兄弟子への——親方と並んで己が認める縫箔師への同情心が咲を迷わせ、束の間でも迷った己を咲は恥じた。

「啓吾さん」

「忘れてくれ」

遮るように啓吾が言った。

「すまない。我ながらつまらんことを……聞かなかったことにしてくれ、お咲」

気まずそうに顔を歪《ゆが》めた啓吾に咲は小さく頷いた。

ふと、品川宿《しながわしゅく》に行くつもりだったのではないかと思った。

惣兵衛の隠居宅を辞去したものの、帰宅を迷った啓吾は品川宿に足を向け、だがやはり思い直して増上寺を詣でたのちに北へ——家の方へ折り返したのではなかろうか。

咲と同じく縫箔一筋に暮らしてきた啓吾だが、人並みに他の弟子たちと花街に行くことはあった。弥四郎宅の男たちは、独特のしきたりがある上に値の張る吉原《よしわら》よりも、気取らず手頃な品川宿を好んでいたが、皆「遊び人」からはほど遠かった。

苦悩や恐怖から人肌を求めたい気持ちは判らぬでもない。だが啓吾がそうしなかったのは、仕事への——縫箔への真摯《しんし》な想いからだろうと咲は信じたかった。

「これから弓町に行くんです。少し前に半襟の注文を受けたので、それを納めに行こうと出て来たんですが、おやつ時は避けた方がよかろうと、ちょいと寄り道しただけなんですよ」

「そうか、弓町に……よかったら、その半襟を見せてくれないか？」

咲に否やはなく、巾着から包みを取り出して啓吾に渡した。

じっくりと半襟を見つめる啓吾の目は厳しい。かつて弥四郎の検分に冷や冷やしたことを思い出したが、出来には自信があった。

「実は六日前、惣兵衛さんのもとへ行く前に日本橋の桝田屋に寄ったんだ」

半襟を返しながら啓吾が言った。

「お咲があすこに小間物を納めていると聞いていたから……お咲が作った物は売り切れていたんだが、女将が二つ揃った竹に雀の財布を見せてくれた」

美弥はおそらく、このことを咲に告げたかったのだろう。

「いい出来だった。女将《おかみ》があまりにも褒めそやすから、他の客も覗き込んでは感心していたよ。——この半襟だって見事なものだ」

啓吾らしい、飾り気のない率直な称賛が胸に染み入る。

「そりゃ私だって遊んできたんじゃないんです。ずっと——ずっと必死でやってきたんですから」

「うん」

頷いてから、啓吾は微かに目を落とした。

「私は……私も必死に打ち込んできた。お前に負けないように」

——啓吾さんは、お姉ちゃんの腕前が怖かったんだと思う——

年の瀬に聞いた妹の雪の台詞が耳によみがえる。

――きっとあの人、お姉ちゃんの才を妬《ねた》んだのよ。あの人は親方さんの跡継ぎだから、お姉ちゃんの方がうまくなったら困ると思って――

「お前が男だったらな……そしたらお前に後を頼めたものを」

「詮無《せんな》いこと言わないでくださいよ」

こみ上げてくるものを抑え込んで、咲は精一杯微笑んだ。

「親方の跡継ぎにふさわしいのは啓吾さんだけです」

雪にも告げた言葉を咲は繰り返した。

「もとより私は親方の器じゃありません。それに、独り立ちしてもう六年になるんですよ。財布やら巾着やら、小間物ばかりですけどね。私は私の――『咲』の名で縫箔を続けていくって、もうとっくの昔に決めたんです」


今少し留まるという啓吾を置いて、咲は一人で来た道を引き返した。

弓町の野崎家を訪ねると、歌はちょうど家にいて咲の来訪を喜んだ。

「嬉しいわ。もっとかかるかと思っていました」

歌ははしゃいで咲を座敷に案内し、出来上がった半襟を見て歓声を上げた。

「こんな半襟は二つとないわ。彰久さんもきっと驚くわ。驚いて——きっと気に入ってくださるわ。ありがとう、お咲さん！」

「こんなに喜んでいただけるとは、職人冥利《みょうり》に尽きますよ」

咲が言うと、歌は少しだけ声をひそめた。

「でも、まずは父を驚かせてやります。父はその、昔気質《むかしかたぎ》でして、いくら関根さんが贔屓《ひい》《き》してようが、女の職人なんて大したことないだろうって言うんです……」

申し訳なさそうに尻すぼみになった歌に、咲は苦笑してみせた。

過去には、女弟子がいると知って、弥四郎にわざわざ咲に手伝わせないよう言ってきた能役者もいた。咲の母親のように縫い物を内職にしている女は少なくない。だが、店を構える仕立屋のほとんどが男なのは、能役者に限らず武士や商人が「男仕立て」を求めることが圧倒的に多いからだ。

「もう慣れっこです。けれども腕前は男衆に引けを取りませんよ」

「ええ」と、歌は頷いた。「父は洒落者《しゃれもの》で、物を見る目はあるんです。ですからこれを見せればぐうの音も出ない筈です」

ふふっと笑みを漏らしてから、歌は続けた。

「私……本当は能役者になりたかった。でもうちには兄がいるし、兄がいなくたって女は役者にはなれません。お弟子さんをお婿さんに迎えるだけで、女は逆立ちしたって舞台には立たせてもらえないし、そもそもお稽古《けいこ》もつけてくれないんです」

以前、塗物問屋の娘の芙美《ふみ》からも似たような台詞を聞いたことがある。

――でも職人さんたちも兄たちもみんな、女は職人にはなれない、どうせ嫁に行くから目利きになる必要はないと、初めから決めつけてるんです――

「まだまだ女には厳しい世の中ですものね」

「だから、お咲さんみたいな方がいらっしゃると知って嬉しいんです」

「職人はあんまり見かけませんが、女将としてお店を切り盛りする女の人は一昔前より増えたように思います。ですからいずれ、女の役者さんだって舞台に立つ日がくることでしょう」

「だといいのですけれど。ああもう、私に任せてもらえたら、彰久さんの装束はお咲さんに仕立ててもらうのに」

「そのお気持ちだけで嬉しゅうございます」

「女役者なんていつになるかしら？　娘の代では難しいですわね。孫娘かひ孫――ううん、玄孫《やしゃご》の代くらいには……」

まだ十六歳だというのに玄孫にまで思いを馳せる歌が微笑ましい。また、それだけ能という女には閉じられた芸事への強い愛情が感ぜられて、咲はにっこりとした。

「お歌さんの玄孫までは待てそうにありませんが、その頃にはきっと私に代わる女縫箔師が幾人もいることでしょう」

「ええ、きっと」と、歌も微笑む。「私はせめて、縁の下の力持ちになれるよう努めます。でも、彰久さんは父や兄のような石頭じゃないんです。私が望むなら、舞いも謡も教えてくださると……もちろん、みんなには内緒ですけれど」

いたずらな笑みを浮かべて人差し指を口元へやった歌へ、咲も同じようにして笑みを返した。

懐紙に包んだ代金を差し出しながら、歌は言った。

「あの、今度巾着もお願いします。彰久さんからもらった簪に合うような、波千鳥の巾着もあつらえたいわ。ああでも、しばらくお待ちくださいね。お小遣いを貯めるまで、またしばらくかかりますから」

「いつでもお引き受けいたしますよ」

「今度は一人でおうちをお訪ねしてもいいですか？」

「もちろんです。注文でなくても、いつでもお寄りくださいな」

帰り道、京橋を渡った咲は、湊稲荷の方を見ぬようまっすぐ歩いた。

啓吾さんは家に戻っただろうか……？

そう遠くないうちに盲目になるのなら、妻子を養うために、今のうちに生業を変えるという道も考えられる。

己が弥四郎の名を継ぐべきかどうか。

いつ、どのようにして針を置こうか。

啓吾の迷いを振り切るように、咲はただ前を見据えて足を速めた。

なんにせよ、啓吾さんが決めること――

双子の後をつけて歩いた行きとは打って変わって、寄り道せずに、早足に大通りを通り抜ける。日本橋の北の袂でなんとはなしに一度東へ折れて、十軒店を――万が一にも修次に出会わぬように――避けて長屋へ帰った。

木戸をくぐると、井戸端にいた勘吉が声を上げた。

「おさきさん、しゅうじさん！」

「えっ？」

思わずどきりとしたものの、よくよく聞くと、修次が訪れたのはもう一刻は前のことらしい。

「なんだ」

「しゅうじさん、しょんぼりしてた」

勘吉の隣りで大きく頷いたのは鞠を持ったしまである。

「してたねぇ」

路の代わりに勘吉の相手をしていたようだ。

「せっかく訪ねて来たのに残念だったねぇ」

「うん。ざんねんだった」

しまを真似して頷く勘吉に、咲は小さく噴き出した。

「いいんだよ。修次さんはうっちゃっといて」

どうせ先日のご機嫌取りだろう――

「ま！　いけませんよ、お咲さん」

やや目を吊《つ》り上げてしまが言う。

「あんないいおと――お人を袖《そで》にするなんてもったいない」

「何ももったいないこたありませんよ」

「もったいないじゃないの。もうお咲さんたら……三十路《みそじ》まで三年もないってのに、あんたときたら毎日毎日、仕事仕事で」

「そりゃ、仕事しないとおまんま食い上げちまいますからね。余計なことに首突っ込んでる暇はないんですよ」

「余計なことだなんて、もう――」

大げさにむくれてみせるしまに苦笑を返すと、勘吉がちょいちょいと袖を引いた。

「あのね、おさきさん」

「うん」

「しゅうじさん、またくるって」

「また？」

「うん。またくるからな、って」

「そうかい。まったく懲りないねぇ」

「うん。まったくこりないの」

勘吉が大真面目《おおまじめ》に応えるものだから、咲のみならず、此度はしままで噴き出した。


また来る、と言った修次はすぐには姿を現さなかった。

が、六日後の昼下がりに弥四郎が長屋にやって来た。

弥四郎が藤次郎《とうじろう》長屋へ来たのは一度きりで、四年前のことである。咲の請人となったため、大家の藤次郎に挨拶に訪れたのだ。

「親方……」

驚きを隠せない咲に、弥四郎は微苦笑を浮かべて言った。

「浅草に用があってな。ついでにちょっと寄ってみたんだよ」

啓吾さんのことに違いない――

そう推察して咲は言った。

「それなら少々お待ちを。ちょうど一息入れたいと思っていたところなんです。せっかくだから途中までご一緒させてください」

急ぎ身なりを整えて表へ出ると、弥四郎と共に柳原の方へ足を向けた。

横目に通り過ぎた稲荷への小道はひっそりしている。

しろとましろの――そして修次の――姿がないことにほっとしながら、咲は弥四郎に合わせてやや早足に柳原沿いを東へ歩いた。

啓吾は五日前に帰って来たという。

咲と湊稲荷で別れた日は再び惣兵衛のもとへ戻り、一夜を過ごして、翌日、朝のうちに弥四郎宅へ戻ったようだ。

「しれっとして仕事を始めたものだから、昼過ぎまで皆何も問えずに黙っていたさ」

のちに惣兵衛と共に小岩に出かけたことは皆に明かしたが、目のことはまだ伏せているそうである。

「親方はご存じだったのでしょう？」

「春先に、誰か他の者を跡継ぎにしてくれと言われてな。片目だけならまだなんとかなると思っていたが、両目を失ってはどうにもならぬと」

左目に続いて右目にも影が見え始めてすぐ、弥四郎に打ち明けたのだろう。

「月末《つきずえ》までには皆にも明かすと言っている」

「そうですか」

明かして――それからどうするんだろう？

咲の胸中を読んだごとく、穏やかな笑みと共に弥四郎は言った。

「啓吾にはかねてから考えていた通り、次の藪入りで私の――弥四郎の名を継いでもらうつもりだ。目が利かなくなるまでまだしばらくある。あいつはまだ針に未練があるし、私もやはり啓吾に四代目となって欲しいのだ」

「よかった」

胸を撫《な》で下ろして咲はつぶやいた。

己の勝手な願いであったが、咲も啓吾にはまだ縫箔を諦めて欲しくなかった。

「すまないな、お咲」

「どうしてですか？」

「啓吾が妙なことを言い出した折、お前を庇《かば》ってやれなかった」

「妙な……？」

問いかけて、九年前のことだと悟った。

啓吾が咲に「妻」であれと望んだ時のことである。

「ですが、啓吾さんは跡継ぎで、私よりもずっと腕の良い職人ですし……」

「うむ。だが、啓吾が針を置く日がきても、お前を呼び戻すことは叶わんだろう。たとえお前が、他の誰よりも優れていても」

たとえ弥四郎が――はたまた啓吾や他の弟子たちが認めても、咲があの仕事場に戻ることはない。咲は女で、相も変わらず男仕立てを望む客は後を絶たないからだ。

着物を手がけることはもうないやもしれない――

弥四郎宅で咲はただ言われた箇所に、言われた通りに縫箔を施していただけだった。

親方の弥四郎自身も一から十まで全《すべ》て己の手で仕上げることはなかったが、いつか己が思うままの意匠で、思うままの着物をこしらえたいという願いを咲は抱き続けてきて、独り立ちした今もそれは変わらない。

だが一昔――否、二昔前ならまだしも、箔入りの贅《ぜい》を尽くした縫箔の着物など今では役者くらいしか身に着けていない。殊に六年前に松平定信《まつだいらさだのぶ》が老中となってからは、なんでもかんでも「質素倹約」が奨励されて、巾着や煙草入れ、財布など、咲が手がける小間物も例外ではなかった。

役者の中には関根が注文した腰帯でさえも眉をひそめる者がいただろうから、己が着物を手がけることはおよそ叶わぬ夢であろう。

判っていたことだ。

親方の家を出て、独り立ちした時にもう――

「……気にかけてくだすって嬉しいですが、とうに承知していることでございます」

「恋慕の情といい、こういったことは女の方が思い切りがよいらしいな」

苦笑を漏らしながら弥四郎は言った。

「お前も知っての通り、私も養子だ」

三代目である弥四郎は二代目の歳の離れた従兄弟《いとこ》にあたり、血縁ではあるが血の繋《つな》がりは薄い。二代目は二人の息子に恵まれたものの、どちらも十代で死していた。弥四郎は六人兄弟の末っ子に生まれ、なかなか奉公先が見つからなかったところに、親類の勧めで二代目に弟子入りしたと聞いたが、詳しいいきさつを咲は知らない。

「長男は風邪をこじらせて私が弟子入りする前に、次男は十八で金瘡《きんそう》から毒が回って亡くなったんだ」

弥四郎は次男より二つ年上で、当時はちょうど二十歳だった。

二代目はどうしても「我が子」に跡を継がせたかったらしい。次男の喪が明けぬうちから若い女に手を出したが、結句息子にも娘にも恵まれなかった。

「大層悔しがっていたが、今すぐ子が生まれたところで、跡継ぎには間に合わんだろうとおかみさんや得意客に説き伏せられて、渋々私を養子にして三代目に据えたのさ」

弥四郎は二十八歳になっていた。咲が奉公に上がったほんの四年前のことである。

弟子の中ではとっくに最年長になっていた弥四郎は、客の評判もよく、他の弟子たちにも慕われていた。

「言ってはなんだが、腕前には覚えがあった。なんなら子作りに励んでいた親方よりもずっと……」

三代目となってまもなく、弥四郎は妻のよりを娶った。よりは弥四郎より五つ年下の二十三歳で、二人は長いこと相思の間柄だったのだが、弟子でいた間は二代目から祝言の許しが得られなかった。それゆえに弥四郎は独り立ちを考えていたというから、弥四郎の腕を頼りにしていた二代目は、子供のことと合わせてやむなく肚《はら》をくったと思われる。

二代目は弥四郎が襲名して二年目に病で亡くなった。今際《いまわ》の際まで、よりに懐妊の兆候がないことを案じていたという。

「ほんの僅かでも、己の血筋を残したかったのであろうな。子宝に恵まれなかったのは残念だが、我が子がいたとしても啓吾より腕の立つ者に育ったかどうか。私はずっと、私と同じか私より腕の優れた者にのみ、名を譲ろうと考えてきた」

六人兄弟の末っ子の弥四郎は四男だった。父親は鋳物師で父親の跡は長男が継ぎ、次男は一職人として長男のもとで家業を手伝い、三男は別の職人の家に婿入りしている。

「長兄より次兄の方が腕も人当たりもいいんだが、跡を継いだのは長兄だ。莫迦莫迦しい話だが、それがいまだ世の習いゆえ……私なんぞは、奉公に出るまで縫い物なんかこれっぽっちもしたことがなかったんだがな。だが、性に合っていたんだろう。習い始めたらどんどん楽しくなって――まさに好きこそものの上手なれ、さ。そもそも二代目の親父さん、つまり初代弥四郎だって四男だったんだ。直にお目にかかっちゃいないが、きっと私のように行き場のない四男が、ひょんなことから縫い物に携わることになったんじゃないかと思うのだ」

そんな弥四郎だからこそ、咲が繕った物を見て、教えてみたいと思ったのだろう。

「関根さんの腰帯と、それから彰久さんの半襟を見たよ」

「半襟もですか？」

腰帯は一月余りも前に納めたが、半襟はほんの六日前のことである。

「うむ。よほど気に入ったらしいな。受け取ってすぐに仕立てて、見せびらかして回っていると言っていた」

「お許婚からの贈り物ですから……」

「そうへりくだるな」と、弥四郎は微笑んだ。「腰帯も半襟も――どちらも申し分ない出来だった。お前がうちの者だと知れて、早速うちにも他の役者から半襟の注文がきたくらいだ。お咲には悪いがな」

「悪いだなんてとんでもない」

――申し分ない――

――うちの者――

そう言ってもらえただけで報われた気がした。

「……お前が縫箔を諦めずにいてくれてよかった。お咲ほどの才を持つ者は稀《まれ》だろうが、女ゆえに、はたまた次男三男四男がゆえに、埋もれてゆく才は少なくなかろう」

「親方のおかげです」

「そうへりくだるなと言ったろう」

からかい口調で言ってから、弥四郎は静かに問うた。

「お前ならどうする、お咲？　もしも目が利かなくなったら——」

いつの間にか両国広小路まで来ていたが、弥四郎の足が赴くままに、咲も一緒に浅草御門をくぐった。

茅町《かやちょう》の賑わいを横目に見ながら、咲も静かに口を開いた。

「……私なら死を選んでしまうかもしれません」

目が見えなくともなんらかの仕事にはありつけようが、一人暮らしは難しい。

「太一や雪、長屋のみんなの枷《かせ》になりたくないんです。独り身ですから、女房子がいる啓吾さんとは違います。けれどもこればっかりはその時にならねば判りません」

縫箔には半生を懸けてきたといっても過言ではない。

己から針を取り上げたら、一体何が残るというのか。

いつか「その日」がくるのは耐え難く恐ろしいが、人はそう望み通りに生きられぬし、死ねぬことを、じきに三十路となる咲は知っている。

「ただ、私もきっと最後まであがきますよ。針を置かざるを得ないその日まで、ずっと仕事は続けます」

啓吾もきっとそう決意したのだろう。

早くて数年後にはその日がくるとしても、最後まで四代目弥四郎として——縫箔師として力を尽くしていくに違いない。

「うむ」

頷いてから、弥四郎は困ったように咲を見た。

「あんまり寂しいことを言うもんじゃない。なんなら、ちょいとつてに声をかけてみようじゃないか。お前ならまだまだ貰《もら》い手がいるだろう」

「そりゃいますよ」

今更嫁にいくことはなかろうと思いつつ、だが弥四郎の手前、咲は見栄を張った。

「私にだって、言い寄ってくる人の一人や二人——ですからどうかご心配なく」

「そうか。それならいいんだが……」

「それより親方、これからもお身体を大事になさってくださいまし」

啓吾の息子か弟子の一人か——誰が「五代目」になろうとも、啓吾にはこれからも尚、弥四郎の手助けが必要になる。

「そうだな。のんびり隠居とはいかなくなったが……まあよいさ」

ぼやきながらも口角を上げた弥四郎へ、咲も安堵《あんど》の笑みを返した。

独り立ちをしてからは折々の挨拶に伺うだけで、こうして弥四郎とゆっくり話したことはなかった。

ゆえにどことなく去り難く、弥四郎が何も言わぬのをいいことに、咲は結句浅草までついて行った。

弥四郎が話すままに近頃納めた能装束の色柄や弟子たちの仕事ぶりを聞き、弥四郎に訊《き》かれるがままに長屋や桝田屋や己が手がけた小間物のことを話した。

「長屋の人が好きな金鍔《きんつば》があるんで、せっかくだから土産にしようと思います」

「それなら、私も家への土産にしよう」

由蔵《よしぞう》が贔屓にしている菓子屋に寄って、それぞれ金鍔を買い込んだ。

聖天町に向かうという弥四郎と仲見世を歩き、浅草寺を詣でたのちに暇を告げる。

「よりが羨《うらや》ましがるだろうな。啓吾やお千紗の手前素っ気なくしているが、あいつはずっとお咲を案じているのだよ」

「嬉しゅうございます。おかみさんは私には」

おっかさんみたいな人だから――


甘えてはならぬと咲は言葉を飲み込んだが、弥四郎は目を細めて言った。

「お咲は娘も同然だ。よりにとっても、私にとっても。だからどうか逆縁だけは避けておくれ」

「……心得ました」

来年は五十路《いそじ》となる弥四郎だが、鬢《びん》に少し白髪がある他は老いが見えない。聖天町へ行くべく随身門《ずいじん》の方へ歩いて行く弥四郎のまっすぐ伸びた背中を見送ると、咲は想い出の松の木の方へ足を向けた。

落ち葉を眺めているとかさりと新たに松葉が落ちてきて、咲は思わず顔を上げた。

幾重にも重なる松葉を縫って差し込んでくる、まだ夏の強い陽射《ひざ》しが目に眩《まぶ》しい。

ふと人目を感じて辺りを見回すと、十間ほど離れた、本堂に近い木陰に修次がいた。

目が合うと、ばつの悪い顔をして近寄って来る。

「また覗き見かい？　いい加減におし」

「す、すまねぇ、柳川《やながわ》で早めに昼餉を食った後、稲荷をお参りしてからお咲さんちに行こうとしたんだが――」

その前に、柳原に出たところで東へ向かう咲たちを見かけたそうである。

「じゃあ、柳原からずっとつけて来たってのかい？」

「そら、だって、お咲さんが珍しく男連れだったから……」

束の間目を落としてから、修次は問うた。

「さっきのお人は、弥生に根津権現にいた人だろう？」

「そうだよ」

仲間と花見に来ていた修次とはお参りの前に会って話したが、ぐるりと回って帰って来た咲と双子を修次は遠目に認めていたらしい。

「もしや、あの人が『啓吾さん』かい？　まさか本当に焼けぼっくいに火がついたってんじゃやねぇだろうな？」

「ば、莫迦をお言い」

慌てて応えてから、咲はじろりと修次を睨みつけた。

「あんた、やっぱりこないだ盗み聞きしてたんじゃないか」

「あ、いや、だが『啓吾さん』だの『許婚』だの『焼けぼっくい』だの、途切れ途切れにしか聞こえなかったのさ」

「あの人は親方だよ」

「親方？」

「そうとも。親方の弥四郎さんさ。まったく、とんでもないこと言うんじゃないよ」

「けど、お咲さんのことだからああいう渋いのが好みなのかと」

「そりゃ、あんたみたいなちゃらちゃらしたのより、親方みたいなしっかり者の方がずっと好みではあるけどね」

「ちぇっ」

おどけて応えた咲に、修次もわざとらしく舌打ちをした。

「じゃあ、啓吾さんとは……？」

「なんにもないさ、昔も今も。あれはおかみさんの勘違いだよ」

「なんだ」

安堵の表情を見せてから、修次は足元に散らばっている松葉を見やった。

「――彰久さんの半襟を見たよ。松葉の色合いといい、箔の入れ方といい、なんだか腹が立つほど見事だった」

あんたの簪だって、そりゃあ見事なものだった――

「あんまり気に入ったもんだから、半襟に合わせた根付《ねつけ》を作ってくれと言われたよ」

「へぇ、そりゃ嬉しいね」

少しばかり悔しげに言う修次に、咲は思わず口角を上げた。

歌が簪に合わせた巾着をあつらえようとしていることは、しばらく内緒にしておいてもいいだろう。

「松葉といやぁ、懐かしいな」

腰を折って対の松葉を一つ拾うと、指先でもてあそびながら修次は言った。

「昔、ずっと大事に取っておいた松葉があったんだ」

「えっ？」

義姉にほのかな恋心を抱いたことは以前聞いたが、他に夫婦の誓いを考えるほど想いを懸けた女がいたのかと、咲は少なからず驚いた。

「六つかそこらだったなぁ。天下無双、負け知らずの松葉だった」

「――なんだ」

察するに、幼き頃松葉相撲《ずもう》で無敗を誇った松葉らしい。

「負けてばっかりで俺が悔しがってたら、兄貴がとっておきのを選んでくれたんだ。こいつなら影向の松にも負けねぇと……そういや、小岩にもそういう松があるらしいぜ」

「小岩に……？」

「ああ。兄貴が教えてくれたんだが、わざわざ大和国まで行かなくてもよ、小岩不動に影向の松っていわれる三国一のでっけぇ松があるんだと」

「ふうん」

知らぬ振りをして相槌を打った咲へ、修次が微笑む。

「なぁ、お咲さん。なんならいつか一緒に見に行かねぇか？」

「えっ？」

咲がどぎまぎすると、修次は一層目を細めて言った。

「松は縁起物だし、小岩ならそう遠くねぇ。ほら、お咲さんとはよく松葉屋《まつばや》で顔を合わせるし、此度はお咲さんは半襟、俺は根付と揃いの注文もきたことだし、松に縁がなくもねぇ。ここは一丁、二人で三国一の松を訪ねて不老長寿にあやかろうや」

冬でも緑を絶やさぬ松は不老長寿の縁起物だが、対の松葉が夫婦愛の縁起物だと修次が知らない筈がない。

いや、その前に――

「そうか。『松葉』屋か」

つぶやいて、咲はくすりとした。

修次がよく一人酒を飲んでいる茶屋が「松葉屋」だと咲はとうに知っていたが、茶屋の幟を見てもこれまで一度たりとも啓吾を思い出したことはなかった。

――やっぱりあれは憐情だった。

改めて胸のつかえが取れた気がして、咲はゆっくり笑みをこぼした。

「考えとくよ」

「なんでぇ、またはぐらかされた」

「またってなんだい」

「前に財布と簪を取り替えようって……」

「そういや、そんなこともあったっけ。じゃあ松葉相撲で決めようか。一番勝負で、あんたが勝ったら小岩か財布か、どっちか好きな方を選ぶといい」

「ようし」

手にしていた松葉を捨てて、修次は真剣な面持ちで松葉を探し始めた。

咲も腰をかがめて、ぴんと葉が二つ揃った、根本がしっかりした松葉を拾う。

互いの松葉の根本をかけて引き合うと、あっさり修次の松葉が抜けた。

「なんてこった」

落胆の声を上げた修次に咲は「ふふん」と勝ち誇ったが、内心がっかりしないでもなかった。

「なぁ、お咲さん、もう一勝負――」

「一番勝負って言ったじゃないのさ」

修次を遮り、咲は五重塔を見やって言った。

「しろにましろ！　出ておいで！」

先ほどから五重塔の下で、ちらちらと二つの影が動くのが見えていたのだ。

「あーあ、見つかった」

「今日は見つかっちゃった」

そろりと顔を出してつぶやくと、双子は小走りに咲たちのもとへやって来る。

「あんたたちどうしてここに？」

「お遣いの途中で見かけたんだ」

「雷門《かみなりもん》で見かけたんだ」

「じゃあ、仲見世からつけて来たのかい？」

咲が問うと、双子は咲を見上げて口々に言う。

「でも、咲はちっとも気付かなかった」

「おしゃべりばかりで、気付かなかった」

「そりゃだって、積もる話があったんだもの」

憮然《ぶぜん》として咲が言うと、しろとましろは「ひひっ」と忍び笑いを漏らして今度は修次を見やった。

「修次もちっとも気付かなかった」

「怒ってたから気付かなかった」

「怒ってなんか……」

「だって、おっかない顔してた」

「なんだか、おっかない顔してた」

顔を見合わせて、双子は再び「ひひっ」と笑う。

「……そういやあんたたち、六日前もお遣いに出かけたろう？　京橋の向こうにさ」

湊稲荷の名を出さずに咲が言うと、双子は目を見張ってにやにや笑いを引っ込めた。

「なんで知ってるの？」

「どうして知ってるの？」

「どうしてって——私も時々お見通しなのさ」

双子を真似て、咲はにやにやして見せた。

「煙草問屋と生薬屋と、扇屋も覗いてたねぇ。そうそう、稲荷橋の袂で虎猫に——」

「わぁ！」

言いかけた咲の両手を双子はそれぞれつかんで引っ張った。

「内緒！」

「秘密！」

どうやら湊稲荷に行ったことよりも、虎猫との密談が「お遣い」だったようである。

「言っちゃ駄目！」

「誰にも言っちゃ駄目！」

必死の形相の二人に頷きながら咲は腰をかがめた。

「ああ、うん。判ったよ。内緒にしとくよ」

「約束」

「約束」

「うん、約束だ。ほら、指切りげんまん」

両手でしろとましろと指切りを交わすと、双子はようやく愁眉を開いた。

「じゃあ、おいらたちもう行くよ」

「もう、油は充分売ったもの」

「じゃあな、咲」

「またな、修次」

生意気顔に戻った二人の姿がすっかり見えなくなると、修次が問うた。

「虎猫ってのはなんなんだ？」

「言えないよ。約束だもの」

からかい口調で応えると、修次はむぅっと子供のように口を尖《とが》らせる。

「……なぁ、お咲さん、あんたほんとは何者なんだ？」

大真面目に己の顔を覗き込む修次に、咲は小さく噴き出した。

「私はただの縫箔師だよ」

ここぞとばかりににっこりすると、修次はますます眉間《みけん》の皺《しわ》を深くする。

「……まあいいや。そういや急ぎじゃないんだが、一つ仕事の話があるんだ」

「仕事？」

「ああ。先だって、桔梗《ききょう》さんの巾着を見たってお人から、煙草入れを作ってくれないかって言われたのさ。意匠は牡丹《ぼたん》で、入れ物はお咲さん、煙管と金具は俺に作って欲しいって――」

「なんだ。『話がある』ってそのことかい」

長屋をわざわざ訪ねて来たのも――

「それならそうと、誰かに言付けてくれりゃよかったのに。そういう話ならありがたくお受けするよ」

「ちぇっ、こっちは二つ返事か……」

小さくぼやいてから、修次は気を取り直したように微笑んだ。

「そんなら、ちょいとそこらの茶屋でゆっくり話さねぇかい？」

「お断りだね。今日は長屋のみんなとおやつを食べたいもの」

眉尻を下げた修次に咲は付け足した。

「話なら帰り道でゆっくり聞くよ。なんなら、あんたもうちでおやつを食べてきな」

「おう」

一転して嬉しげに頷いた修次を促して、咲は想い出の松の木を後にした。

時代小説文庫
ち2-9

松葉《まつば》の想《おも》い出《で》 神田職人《かんだしょくにん》えにし譚《たん》

著者 知野《ちの》みさき

2021年1月18日第一刷発行
2021年3月8日第四刷発行

発行者 角川春樹

発行所 株式会社角川春樹事務所
〒102-0074 東京都千代田区九段南2-1-30 イタリア文化会館

電話 03(3263)5247[編集] 03(3263)5881[営業]

印刷・製本 中央精版印刷株式会社

フォーマット・デザイン& シンボルマーク 芦澤泰偉

ISBN978-4-7584-4385-2 C0193

http://www.kadokawaharuki.co.jp/[営業]
fanmail@kadokawaharuki.co.jp[編集] ご意見・ご感想をお寄せください。

本書は、ハルキ文庫(時代小説文庫)の書き下ろし作品です。